PASIÓN EN LA HABANA
Louise Fuller

Editado por Harlequin Ibérica.
Una división de HarperCollins Ibérica, S.A.
Núñez de Balboa, 56
28001 Madrid

© 2019 Louise Fuller
© 2019 Harlequin Ibérica, una división de HarperCollins Ibérica, S.A.
Pasión en la Habana, n.º 2744 - 11.12.19
Título original: Consequences of a Hot Havana Night
Publicada originalmente por Harlequin Enterprises, Ltd.

I.S.B.N.: 978-84-1328-601-3
Depósito legal: M-32663-2019
Impreso en España por: BLACK PRINT
Fecha impresion para Argentina: 8.6.20
Distribuidor exclusivo para España: LOGISTA
Distribuidor para México: Distibuidora Intermex, S.A. de C.V.
Distribuidores para Argentina: Interior, DGP, S.A. Alvarado 2118.
Cap. Fed./Buenos Aires y Gran Buenos Aires, VACCARO HNOS.

MIXTO
Papel procedente de
fuentes responsables
FSC® C108412

Este libro ha sido impreso con papel procedente de fuentes certificadas según el estándar FSC, para asegurar una gestión responsable de los bosques.

Capítulo 1

MIENTRAS contemplaba las relucientes aguas turquesas bañadas por el sol, Kitty Quested contuvo el aliento.

Resultaba extraño imaginar que aquellas aguas podrían terminar enredándose algún día entre los guijarros de la playa que había cerca de su hogar, en Inglaterra. En realidad, incluso en aquellos momentos, casi cuatro semanas después de llegar a Cuba, todo seguía resultándole algo extraño. No solo el mar o la playa, que acogía las aguas saladas en una increíble cimitarra de arenas plateadas, sino el hecho de que, por el momento, aquel lugar fuera su casa.

Se levantó la larga melena de rizos cobrizos para refrescarse el cuello y sintió que se le hacía un nudo en la garganta al recordar el pequeño pueblo costero del sur de Inglaterra donde había vivido toda su vida hasta hacía un mes.

Nacimiento.

Matrimonio.

Y la muerte de su esposo Jimmy, el que había sido su amor desde la infancia.

Se apartó un poco el ala del sombrero para ver mejor y parpadeó al recibir la luz del sol en los ojos. Una ligera brisa le apartó el cabello y le refrescó las mejillas, recordándole al mismo tiempo todo lo que había dejado atrás.

Sus padres, a su hermana Lizzie y a Bill, el novio de esta, y un alquiler de dos meses de una casita de un dormitorio con vistas al mar. Y su trabajo en la pequeña empresa de Bill, en la que por fin habían conseguido destilar su primer producto, el ron Blackstrap.

De repente, sintió una dolorosa nostalgia.

Cuando Miguel Mendoza, director de operaciones de ron Dos Ríos, la llamó hacía tres meses para hablar de la posibilidad de que ella creara dos nuevos sabores para el doscientos aniversario de la marca, jamás se habría imaginado que ello supondría que tendría que mudarse al otro lado del Atlántico, a seis mil kilómetros de distancia de su hogar.

Si se hubiera parado a pensarlo, se habría negado. Se había sentido halagada por la sugerencia, pero, al contrario de Lizzie, ella era cautelosa por naturaleza por la suerte que le había tocado en la vida. Aceptar el trabajo de Dos Ríos no solo le haría ganar mucho dinero, sino que supondría un salto cualitativo en su profesión. Tras la muerte de Jimmy, Kitty había echado el freno a su vida y necesitaba un cambio para poder dejar su pena atrás y empezar de nuevo a vivir. Por eso, cinco minutos después de colgar, había vuelto a llamar para confirmar que aceptaba.

No se lamentaba de su decisión. Su nueva casa era muy bonita y estaba a un corto paseo de la playa. Todo el mundo era muy simpático, y tras trabajar tres años en la minúscula y abarrotada sala de destilación de Bill, hacerlo en el magnífico laboratorio de Dos Ríos era un sueño hecho realidad. Aquel era, en muchos sentidos, el nuevo comienzo que había imaginado. Había hecho nuevos amigos y se estaba construyendo una trayectoria profesional. Sin embargo, una parte de su vida permanecía intacta.

Se le hizo un nudo en la garganta.

E intacta iba a seguir estando.

Levantó los brazos y se recogió de nuevo el cabello, que le caía por los hombros y la espalda. En el aeropuerto, le había prometido a su hermana que se «soltaría el pelo». Era una antigua broma entre ellas, porque normalmente Kitty lo llevaba recogido. Sin embargo, allí en Cuba había empezado a dejárselo suelto. No obstante, su cabello era una cosa, pero el corazón otra muy distinta…

Jimmy había sido su primer amor y no se imaginaba sentir nada semejante a lo que había sentido por él por otro hombre. Tampoco quería. El amor, el verdadero amor, era una ligereza y un peso a la vez, un regalo y una carga, algo que ya no poseía para poder darlo o recibirlo nunca más. Por supuesto, en realidad nadie la creía. Sus amigos y familiares estaban convencidos de que solo era una fase, pero ella sabía que aquella parte de su vida había terminado para siempre y ni el sol ni la salsa iban a cambiar ese hecho.

Miró hacia el agua y sintió que el pulso se le aceleraba al ver un pequeño animal flotando en las serenas y cristalinas aguas. ¡Era una *starfish*! ¿Cómo se decía eso en español? No era el tipo de palabras que le habían estado enseñando en las clases que había dado en Inglaterra, las clases que habían dejado de parecer un pasatiempo para convertirse en una señal del destino cuando Dos Ríos le ofreció aquel contrato de cuatro meses.

Star significaba estrella y *fish* era pescado, pero no parecía tener mucho sentido. Ojalá Lizzie estuviera allí para ayudarla. Ella había estudiado francés y español en la universidad y tenía una facilidad natural para los idiomas mientras que la dislexia de Kitty había supuesto que hasta aprender inglés fuera un desafío para ella.

Sacó el teléfono para buscar el significado de la palabra y, justo en aquel instante, el aparato comenzó a vibrar.

Kitty sonrió. Hablando del rey de Roma… ¡Era Lizzie!

–¿Te pitaban los oídos?

–No, pero tengo los pies empapados. ¿Te vale con eso?

Al oír la voz de su hermana y sus carcajadas, Kitty sonrió.

–¿Por qué tienes los pies empapados?

–No son solo los pies. Estoy empapada por todas partes. Por favor, no me digas que echas de menos la lluvia.

–No iba a hacerlo –protestó Kitty, aunque, en realidad, sí que la echaba de menos.

–Estabas pensándolo.

Kitty soltó una carcajada.

–Debe de haber sido un buen chaparrón si te has empapado desde tu casa al coche.

–El coche no arrancaba, así que tuve que ir andando a la estación. Perdí el tren y el siguiente venía con retraso. Como la sala de espera estaba cerrada por reforma, el resto de los pobres esclavos y yo tuvimos que esperar de pie en el andén y empaparnos.

–Pensaba que te ibas a comprar un coche nuevo.

–Lo haremos cuando sea necesario –dijo Lizzie–. Así que deja de preocuparte por mí y dime por qué deberían estar pitándome los oídos.

Kitty sintió que la presión en el pecho se le aliviaba. Lizzie y Bill, básicamente, la habían estado ayudando, no solo emocional sino también económicamente, desde hacía cuatro años. Cuando Jimmy entró en la residencia, ella se mudó a la casa de Lizzie. Después de la muerte de Jimmy, Bill le pidió que lo ayudara con su última aventura empresarial, una pequeña destilería de ron.

Había sido un acto de amor y de amabilidad. En realidad, no se habían podido permitir el sueldo de Kitty y ella no tenía experiencia alguna más que un grado en Química. Jamás podría pagarles lo que habían hecho por ella, pero, después de que todos los sacrificios de Lizzie, lo menos que Kitty podía hacer era convencer a su hermana de que todo había merecido la pena y que su nueva vida era fabulosa.

—Quería saber cómo se dice *starfish* en español —dijo—. Y pensé que tú lo sabrías.

—Claro que sí. Se dice «estrella de mar», pero, ¿por qué necesitas saberlo? —dudó Lizzie—. Por favor, dime que no vas a añadir estrellas de mar al ron. De verdad que no te lo recomiendo.

Kitty arrugó el rostro.

—¡Qué asco! ¡Por supuesto que no voy a poner estrellas de mar en el ron! Es que no hago más que verlas en el agua.

—Estás viendo una ahora, ¿verdad? ¿No deberías estar en el trabajo? ¿O es que me he vuelto a equivocar con la diferencia horaria?

Kitty sonrió.

—No estoy en el despacho, pero estoy trabajando. Estoy investigando.

Lizzie dijo una palabra muy grosera.

—Bueno, solo espero que te hayas puesto protección solar. Ya sabes lo fácilmente que te quemas.

Kitty se miró la blusa de manga larga y la maxi falda que llevaba puestas y suspiró.

–Ahora el sol no quema tanto, pero llevo puesta tanta ropa y protección solar que seguramente voy a regresar más blanca de lo que me vine.

–¿Quién sabe? Tal vez decidas no regresar. Si ese guapísimo jefe tuyo decide por fin visitar su ciudad natal y vuestras miradas se cruzan a través de una vacía sala de juntas…

Al notar el tono jocoso en la voz de su hermana, Kitty sacudió la cabeza. A pesar de todo su pragmatismo, Lizzie creía firmemente en el amor a primera vista, pero tenía razón para ello. Había conocido a Bill en un karaoke en Kioto durante el año sabático que se tomó.

Kitty, por su parte, no había tenido ni siquiera que salir de su casa para conocer a Jimmy. Él vivía en la casa de al lado y se habían conocido incluso antes de que empezaran a andar, cuando la madre de él había invitado a la de Kitty a que fuera a tomar un té cuando los dos eran aún muy pequeños.

–Trabajo en los laboratorios, Lizzie. Ni siquiera sé dónde está la sala de juntas. Y, aunque efectivamente haya nacido en La Habana, no creo que mi «guapísimo jefe» sepa ni siquiera quién soy yo o que le importe.

Tras terminar la llamada y prometerle a su hermana que la llamaría más tarde, Kitty regresó hacia los árboles que bordeaban la arena. Siempre hacía más fresco allí que en ninguna otra parte.

No se dio prisa, y no solo porque las agujas de los pinos resultaran algo resbaladizas. Así era como la gente de Cuba hacía las cosas. Incluso en el trabajo, todo el mundo se marcaba su ritmo. Después de una semana de realizar su típico horario de nueve a cinco, como en Inglaterra, Kitty se había rendido ante el modo cubano. Al principio, le había resultado extraño y, además, tal y como el señor Mendoza le había dicho la primera vez que hablaron por teléfono, ella era su propia jefa.

Sin embargo, mientras avanzaba por un sendero alineado por arbustos y tamarindos, las mejillas se le caldearon. ¿Cómo podía decir algo así?

Como todo lo que había en aquella salvaje península, aquellos árboles, la playa e incluso hasta la estrella de mar, formaban parte de la finca El Pinar Zayas, una propiedad que pertenecía al jefazo, tal y como se referían a él todos sus empleados.

César Zayas y Diago.

Pronunciando aquel nombre, deslizando sobre la lengua las exóticas sílabas que lo componían, sintió que el estómago se le tensaba por los nervios, como si solo el hecho de pensar el nombre tuviera el poder de conjurar la presencia de Zayas y hacer que apareciera en aquella zona tan despoblada.

Imposible.

Lizzie podría imaginarse que iba a encontrarse con el dueño de Dos Ríos, pero, hasta aquel momento, Kitty ni siquiera había hablado con él por teléfono. Él le había enviado algunos correos electrónicos y una carta de bienvenida, pero ella estaba segura de que él ni siquiera los había visto. De alguna manera, no se imaginaba al distante y esquivo Zayas sentado en su lujoso despacho mordiendo el bolígrafo para tratar de encontrar las palabras exactas con las que brindar por su éxito. Seguramente, la firma que ella se había pasado tanto tiempo observando había sido perfeccionada a lo largo de los años por uno de sus asistentes personales.

En realidad, no le preocupaba su falta de interés. De hecho, le hacía sentirse aliviada.

Kitty se había mudado desde una pequeña ciudad de

la tranquila costa inglesa hasta el vibrante Caribe, pero seguía siendo una muchacha provinciana y el hecho de conocer a su legendario y sin duda formidable jefe era una experiencia de la que prefería no disfrutar.

Él debía de sentir lo mismo sobre el hecho de conocerla a ella porque había realizado dos visitas a las oficinas centrales desde que Kitty había llegado y, en ambas ocasiones, se había marchado antes de que ella se diera cuenta de que su jefe había estado en el país.

En realidad, no había esperado conocerle. Tenía una hermosa casa de estilo colonial y las instalaciones de la destilería original en la finca, que era el cuartel general de Dos Ríos, pero sus negocios lo llevaban por todo el mundo. Según los compañeros de trabajo de Kitty, iba a La Habana muy de tarde en tarde y raramente se quedaba allí más de dos días.

Por supuesto, ella sentía una cierta curiosidad hacia él. ¿Quién no? Se había hecho cargo de una modesta destilería familiar y la había convertido en una marca de fama mundial. Y, al contrario de otros muchos empresarios, lo había hecho negándose a entrar en el juego con los medios de comunicación.

Pasó por debajo de la rama de un árbol, preguntándose por qué a pesar de su increíble éxito empresarial, César Zayas llevaba una vida tan reservada. Aparte de su ron, era famoso por la determinación con la que guardaba su intimidad, casi como si fuera un perro pit-bull.

Podría ser que fuera un hombre modesto. Eso era ciertamente lo que implicaba su biografía en el sitio web de Dos Ríos. Era breve hasta el punto de resultar minimalista. No había comentarios personales ni citas inspiradoras, tan solo un par de líneas, escondidas en un párrafo de carácter general sobre la historia de la empresa. Incluso la foto que acompañaba al párrafo parecía escogida para no revelar nada del hombre que presidía la empresa. Estaba de pie, en el centro de un grupo de hombres que posaban en una galería con copas de ron en la mano. El color del líquido era idéntico al del enorme sol naranja que se ponía a sus espaldas. Era una fotografía informal, que capturaba perfectamente la camaradería que había entre ellos. Iban vestidos de manera casual, con las mangas enrolladas y los cuellos de las camisas abiertos. Los brazos descansaban en los hombros de quien estuviera al lado. Unos reían y otros sujetaban entre los dedos el otro producto más famoso de la isla: el cigarro cubano.

Todos miraban hacia la cámara. Todos excepto uno.

Al recordar la fotografía, Kitty sintió que se le secaba la boca. El presidente de Dos Ríos miraba hacia un lado, de manera que su rostro quedaba ligeramente desenfocado. Tan solo era posible adivinar los impecables pómulos y la esculpida mandíbula bajo la oscura sombra de la barba y un revuelto cabello negro.

No había manera de identificar quién era quién, pero no importaba. A pesar de estar desenfocados, sus rasgos y las limpias líneas de su carísima camisa reflejaban un inconfundible aire de privilegio, de tener el mundo a sus pies. Para él, la vida sería siempre fácil y rápida, demasiado rápida para que pudiera captarla el objetivo de una cámara. Solo su sonrisa, una sonrisa que Kitty nunca había visto pero que se podía imaginar sin dificultad, sería lenta… lenta y lánguida como un largo y fresco daiquiri.

Kitty tragó saliva. Casi podía sentir el sabor del ron y el punto ácido de la lima en la lengua. Ella no bebía daiquiris. Era un cóctel y ella no se había sentido nunca lo suficientemente cómoda o segura de sí misma para pedir uno. Ni siquiera allí en Cuba.

Todo el mundo era muy atractivo y moreno y parecían felices. Los hombres tenían miradas entornadas y se movían como panteras y las mujeres hacían que incluso algo tan sencillo como cruzar la calle o comprar fruta en el mercado pareciera un paso de mambo.

No se había atrevido aún a conocer La Habana nocturna, pero la había visitado tres veces durante el día y aún podía sentir las vibraciones de la ciudad en el pecho, hipnóticas y peligrosas, como si fueran un enjambre de abejas. Se había sentido cautivada no solo por la gente, sino por los eslóganes revolucionarios que, ya algo ajados, prometían desde las paredes *Revolución para siempre* y también por los relucientes coches, modelos de los años cincuenta, que alineaban las calles y las teñían de todos los colores.

Por todas partes había recordatorios del pasado, desde los balcones de estilo colonial hasta las imponentes escaleras. Era una ciudad viva, emocionante y ella había sentido la tentación de absorber la calidez de la ciudad en la sangre y explorar el laberinto de callejuelas que salían de las principales plazas, pero su sentido de la orientación era terrible.

Y hablando de eso…

Había llegado a una bifurcación del sendero. Se detuvo y miró dudando en ambas direcciones. No servía de nada utilizar el teléfono porque la cobertura solo era buena al lado del mar. Además, resultaba imposible ver por encima de los árboles que daban nombre a la finca. Si se equivocaba, tardaría una eternidad.

Sintió que el corazón comenzaba a latirle con fuerza.

Su casa estaba al borde de la finca. Normalmente, era la casa de una de las mujeres del servicio doméstico, pero ella se había marchado para cuidar de su madre enferma, por lo que estaba vacía. Andreas, el jefe de seguridad de Dos Ríos, le había dicho que tenía permiso para recorrer la finca, pero ella se había ceñido a la playa y al bosque alrededor de la casa. Nunca se había alejado demasiado.

Por suerte, solo le llevó unos diez minutos orientarse y reconocer por fin dónde se encontraba. Gracias a Dios. Desde aquel lugar, su casa estaba tan solo a diez minutos.

Respiró aliviada y se quitó el sombrero para abanicarse el rostro. Entonces, se quedó inmóvil. Medio escondidos por la vegetación, había un grupo de los caballos salvajes que vivían libres en la finca. El corazón se le detuvo en seco. Por conversaciones con Melenne, que iba tres veces por semana a limpiarle la casa, los caballos no eran peligrosos. Simplemente, no estaban domados. Vivían en libertad en los bosques y eso se les notaba en el hermoso pelaje y tonificados músculos.

Eran tan hermosos… Se acercó a ellos lentamente, extendiendo la mano hacia el más cercano. Contuvo el aliento cuando el animal pareció evaluarla con la mirada y entonces el pulso se le aceleró al sentir el suave y aterciopelado hocico del animal contra sus dedos.

Respiraba cuidadosamente y mantenía la mano extendida… cuando, de repente, se escuchó un fuerte ruido a sus espaldas y, como si fueran uno, los caballos se dieron la vuelta y desaparecieron entre los árboles.

Kitty se dio la vuelta hacia el ruido y levantó la mano para cubrirse los ojos del sol. El ruido se había convertido en un rugido y se vio un brillo de metal. Ella contuvo el aliento cuando, de repente, una moto apareció delante de ella. Le dio la impresión de que los ojos oscuros del piloto se entornaban al verla. De repente, todo pareció ir a cámara lenta. La moto derrapó para alejarse de ella y cayó de costado, deslizándose por la tierra hasta que se detuvo por fin.

Durante un instante, el tiempo pareció detenerse.

¿Se habría hecho daño? ¿Estaría…?

Ni siquiera quería pensar en aquella palabra. No se podía creer lo que había ocurrido. Entonces, con una mezcla de pánico y de miedo, echó a correr hacia la moto.

El piloto ya se había puesto de rodillas y estaba tratando de ponerse de pie. Al verla, lanzó una serie de maldiciones en español, o, al menos, ella asumió por el tono de su voz que estaba maldiciendo. Las clases de español de Kitty se habían centrado más en conjugar verbos que en aprender tacos. Se arrepintió de no haber estado en un lugar más visible. Si el motorista la hubiera visto antes, el accidente no habría ocurrido.

A pesar de todo lo ocurrido, el motorista parecía tranquilo. Apretaba la mano contra el chasis de la moto como si fuera uno de los caballos salvajes que él había espantado. El gesto hacía que los músculos le tensaran la tela de la elegante camisa blanca que llevaba puesta. Tenía un aspecto tan vivo y real… A ella le dolía haber podido ser la causa de que hubiera resultado herido y haber sido la causa del accidente. Sin embargo, si este no hubiera ocurrido, jamás lo habría conocido.

La respiración se le aceleró al darse cuenta de lo que estaba pensando. Hacía mucho tiempo que un miembro del sexo opuesto no había aparecido en su radar, pero aquel hombre resonaba.

–¿Se encuentra bien? –le preguntó.

Él levantó la mirada. Durante un instante, a Kitty

se le olvidó respirar al ver que unos ojos verdes oscuros, del mismo color que los pinos que los rodeaban, la miraban con confusión. Entonces, ella se dio cuenta de que el motorista tal vez no la había entendido dado que se lo había preguntado en inglés.

Ella parpadeó.

—Lo siento, quería decir… *¿se hecho daño?*

El motorista negó con la cabeza lentamente sin dejar de mirarla. A Kitty le pareció que la confusión de su mirada se transformaba en irritación.

—*¿Cómo…?* Quiero decir, *¿puede…?* ¿Ay, cómo se dice? —preguntó con frustración. Estaba demasiado nerviosa como para poder pensar en su propio idioma, y mucho menos en español.

—Supongo que eso depende de lo que esté tratando de decir.

Kitty sintió un nudo en el estómago. El motorista le había hablado en inglés. Un inglés fluido y prácticamente sin acento. De repente, el nerviosismo se transformó en ira.

—¿Cómo ha podido ser tan inconsciente? Podría haber resultado herido, o peor aún… —le dijo en tono acusador.

—No lo creo. No iba rápido. Además… —comentó mientras se levantaba con gesto casual la pernera del pantalón para mostrarle la cicatriz que tenía en el tobillo—. Me he visto en peores circunstancias.

Ella lo observó en silencio. Se sentía demasiado aturdida como para responder y asombrada por la facilidad con la que él cambiaba de idioma y la despreocupación que mostraba por su propia seguridad. Mientras él levantaba la moto y la sujetaba sobre el suelo, Kitty sintió que la ira se apoderaba de ella.

—¿Y usted?

Aún no se había vuelto a mirarla. Cuando lo vio, una fuerte vibración, como una descarga eléctrica, se extendió entre ellos. Las miradas de ambos se prendieron. La de él era tan verde e intensa que ella se sintió turbada.

–¿Se encuentra bien?

Ella lo miró. Las palabras del motorista parecían más una formalidad que una expresión de preocupación, pero Kitty casi no se fijó en lo que decía. Estaba demasiado distraída por su rostro. Era muy hermoso. Nariz recta y la mandíbula delineada en oro, con la piel clara y brillante como si fuera una llama recién encendida…

¿Como una llama recién encendida?

Se echó a temblar. Por suerte, solo había pensado aquellas palabras y no las había dicho en voz alta. ¿En qué estaba pensando?

Sin poder evitarlo, estaba pensando en cómo aquella boca se le apretaría contra la suya…

Frunció el ceño, atónita por la inesperada reacción que había tenido ante un desconocido. Un desconocido que ni siquiera se había molestado en darse la vuelta para mirarla.

El corazón comenzó a latirle rápidamente. De repente, sintió el impulso de darse la vuelta y echar a correr entre los árboles. Sin embargo, algo dentro de ella la empujaba a desear saber lo que ocurriría si se quedara.

–Estoy bien. Aunque me sorprende que se moleste en preguntar.

Ella habló rápidamente. Las palabras parecían estar escapándosele entre los labios. Ella no era por naturaleza una persona a la que le gustaran los enfrentamientos, un rasgo de carácter que se había reforzado con los meses que había pasado sentada en salas de espera de hospital y tratando con médicos y especialistas.

Sin embargo, había algo en aquel hombre… algo en sus modales… que le hacía soltar chispas como si fuera una cerilla contra la leña seca.

Él echó la cabeza hacia atrás y separó los labios ligeramente, como si estuviera preguntándose en voz baja qué era lo que había oído.

–¿Qué se supone que significa eso?

Hablaba suavemente, pero tenía una dureza en la voz que a Kitty le ponía el vello de punta. Al recordar cómo se habían espantado los caballos salvajes cuando él se acercó, se avivó su irritación.

–Significa que ha estado a punto de atropellarme.

–Sí, porque usted se colocó delante de mí. Solo me caí de la moto porque tuve que girar bruscamente para no chocarme contra usted.

Kitty se sonrojó y dudó. Era cierto. Ella se había apartado del sendero… Lo miró de nuevo y apretó los dientes. Ni siquiera llevaba casco. ¿Cómo podía ser tan arrogante?

De repente, su cuerpo se echó a temblar. Recordó a Jimmy, sentado en el sofá en pijama, con el rostro gris por el agotamiento. El corazón comenzó a latirle de ira. Jimmy había vivido muy cuidadosamente y, sin embargo, aquel hombre tan arrogante y descuidado, corría estúpidos riesgos, tentaba al destino y desafiaba su propia mortalidad.

–Bueno, no habría tenido que girar bruscamente si no hubiera ido tan rápido –le espetó ella. Entonces, le señaló la pierna que le había mostrado–. Algo que, evidentemente, tiene por costumbre hacer.

–Como he dicho, no iba rápido. Es una moto

nueva. La he recogido hoy mismo, así que todavía estoy haciéndome a ella. Supongo que usted nunca ha tenido una moto.

No. Kitty nunca había tenido una moto. Eran ruidosas y peligrosas. Lo ocurrido aquel día era prueba evidente de ello. Sin embargo, no podía dejar de preguntarse lo que sería montar en una con él. Se lo imaginaba perfectamente, sabía lo que sentiría al inclinarse contra aquella ancha espalda, cómo notaría los músculos tensándose contra ella mientras el piloto cambiaba de marchas o tomaba un giro.

Las manos le temblaban y, de repente, le costó respirar. Miró la moto y trató desesperadamente de aferrarse a su indignación

—No —dijo mientras se colocaba las manos sobre las caderas y fruncía el ceño–, pero eso no importa. No cambia el hecho de que debería tener más cuidado por dónde va. No estamos en una pista de carreras.

De repente, a Kitty se le ocurrió pensar cómo había entrado él en la finca. Las puertas tenían un código de seguridad. Tal vez había querido enseñarle su estúpida moto a una de las empleadas o tal vez había ido a recoger a alguien.

—Y debería llevar casco —añadió.

—Sí, debería —dijo él suavemente, mientras la observaba con los ojos verdes.

Hubo algo en aquella respuesta que hizo que Kitty contuviera la respiración. La situación, una mujer solitaria en un camino aislado con un desconocido, debería hacerle sentir una cierta intranquilidad, pero no era así o, al menos, no era él quien la asustaba. La única amenaza provenía de su propia imaginación.

El pánico volvió a apoderarse de ella.

El cuerpo se le había tensado de una manera que

no comprendía y el cabello, sudado y pesado bajo el sol, parecía estar aplastándole el cráneo de tal manera que le resultaba imposible pensar.

Se cruzó de brazos y se obligó a mirarlo. De repente, se echó a temblar, pero en aquella ocasión no de ira. Había algo tan íntimo, tan intenso en su mirada…

–Mire –dijo aclarándose la garganta–, no tengo tiempo para esto. Tengo que irme a mi casa –añadió mientras echaba a andar por el camino. Entonces se volvió–. Supongo que puedo ayudarlo a mover su moto.

–No será necesario.

El motorista la observaba con tranquilidad y aquella actitud, su seguridad, la atraía de tal manera que el corazón le latía con fuerza en el pecho. Necesitaba escapar de la tensión que palpitaba entre ellos. Dio un paso atrás.

–Está bien. Como quiera –replicó frunciendo los labios deliberadamente con un gesto de desaprobación que quería sentir, pero que no le era posible–. Me da la sensación de que eso es lo que se le da mejor.

–¿Cómo ha dicho?

Kitty sintió una enorme satisfacción por haber conseguido por fin alterarle.

–Ya me ha oído…

No pudo seguir hablando. Las palabras se le murieron en la garganta como si fuera una actriz que hubiera olvidado su papel al ver la evidente mancha roja que se iba abriendo paso por la manga de su camisa, como si fuera una amapola abriéndose bajo el sol.

Sangre.

Capítulo 2

¡ESTÁ SANGRANDO!
César Zayas y Diago miró a la mujer que estaba
frente a él. La frustración había hecho desaparecer momentáneamente el dolor que tenía en el brazo.
No le molestaba la herida. Nunca le pasaba. Por muy
intenso que fuera el dolor físico, tenía una vida muy
corta. No le hacía cuestionarse a uno quién era.

–Está sangrando –repitió ella de nuevo.

Era inglesa, no estadounidense. Había reconocido
el acento. Y, a juzgar por la ropa, una turista. Probablemente le habían vendido una excursión y luego se
habían limitado a dejarla en la playa para que encontrara sola el camino a su alojamiento.

Tendría que hablar con su equipo de seguridad,
pero, en aquellos momentos, necesitaba centrarse en
lo que tenía entre manos, sobre todo en aquella intrusa de cabellos rojos.

Al observarle el rostro, sintió que se le hacía un
nudo en la garganta. No era de extrañar que se hubiera
distraído. Ella era increíblemente hermosa.

Durante los primeros segundos después de caerse
de la moto había estado demasiado aturdido como
para darse cuenta. Su cuerpo se había concentrado
exclusivamente en el creciente dolor. Sin embargo, en
aquel momento, cuando por fin tenía tiempo de fijarse

bien en ella, le estaba resultando muy difícil apartar la mirada de su rostro.

Era esbelta, tal vez demasiado, al menos para su gusto, pero bajo la ropa tenía también femeninas curvas. Prácticamente sentía el calor que irradiaba de aquella nube de cabello de color fuego, que le llegaba prácticamente hasta los codos. Sin embargo, la contradicción entre aquella mirada gris y la sensual promesa de la fascinante y perfecta boca le estaba volviendo loco.

Los hombros se le tensaron. ¿Era deliberado?

Parecía poco probable. Le observó atentamente el rostro. Parecía nerviosa, menos segura de sí misma que cuando le había estado recriminando su manera de conducir, o al menos intentarlo, en su español de principiante.

Se miró el brazo derecho y apretó los dedos contra la húmeda tela con un gesto de dolor.

Aquel debería haber sido uno de los escasos e improvisados momentos de relajación. César había empezado el día en Florida. Se había levantado temprano para una sesión con su entrenador y luego había tenido una reunión de cuatro horas con sus abogados sobre una importación barata que estaba utilizando una botella casi idéntica a la de Dos Ríos. Recibió el correo electrónico sobre la moto justo cuando los abogados se marchaban y, siguiendo un impulso, había decidido dirigirse a La Habana.

Ni siquiera estaba seguro de por qué se le había ocurrido comprar la moto en primer lugar. Ir a Cuba suponía un esfuerzo y un secretismo que odiaba, pero que no podía evitar. Sus padres se disgustaban mucho cuando regresaba a casa. Sin embargo, tal vez inconscientemente, tal vez solo quería dejarse claro a sí mismo que sí podía.

Además, una motocicleta era una manera sencilla de satisfacer su necesidad de adrenalina, una necesidad que reconocía y que acogía de buen grado en los momentos en los que no estaba ocupado tratando de consolidad el dominio del mercado del ron.

Le había gustado la espontaneidad de poder librarse de su horario y de poder fundirse con la moto. Su cuerpo y su mente se habían visto inmersos en los ángulos de la carretera y en la fuerza del viento. Y de repente, apareció ella.

Como todos los accidentes, había ocurrido demasiado rápido para que él se diera cuenta de nada. Tan solo sintió que la moto se deslizaba, que la Tierra parecía inclinarse sobre su eje y que los rayos del sol entraban a través de las ramas de los árboles. Entonces, el sonido del metal golpeando el suelo. Después, solo silencio.

Incluso antes de ver la sangre, sabía que se había herido. Sin embargo, había sufrido ya suficientes lesiones como para poder diferenciar entre las que requerían solo una tirita y las que necesitaban atención médica. Además, después del susto inicial, se había sentido más preocupado por ella.

Se había mostrado tan agitada y disgustada que se había girado deliberadamente para que ella no viera la sangre. Solo cuando se había enfrentado a él como una gata, se le había olvidado lo mucho que le dolía el brazo. Nada le había importado más que borrar aquel gesto de desprecio y superioridad de su boca. A ser posible con la suya propia.

Sintió que el pulso se le aceleraba. «Cuidado», se advirtió. Tal vez sea hermosa, pero no necesitaba otra lección sobre las consecuencias de comportarse siguiendo impulsos y, con eso, no se refería a un paseo en moto.

El pánico se reflejaba en los ojos de ella.

—¿Por qué no ha dicho nada?

—Estoy bien —respondió él levantando las manos. Se arrepintió cuando una gota de sangre cayó sobre la tierra.

—¿Cómo puede decir eso cuando está sangrando de ese modo?

Ella lo miraba como si hubiera visto un fantasma. Durante un instante, César pensó en decirle que no era la primera vez que se caía de una moto, pero no lo hizo por si la alteraba aún más. De todos modos, era algo privado. Todo era privado: la búsqueda de la precisión, la transcendencia de sentirse uno con la máquina. ¿Cómo podía explicar lo que sentía perder todo el sentido de lo que era él mismo, su pasado, su puesto de director gerente, todo, por la velocidad y la emoción de montar en moto? ¿Y por qué iba a querer explicárselo?

Miró hacia la carretera vacía. ¿Por qué estaba ella allí? Sola. Tan solo era una turista y estaba allí, en medio de un drama. No era de extrañar que pareciera totalmente perdida.

La situación le hizo sentirse irritado y protector a la vez. Entonces, se enfadó consigo mismo por sentir algo en absoluto. Los sentimientos, los suyos en particular, eran peligrosos y de poco fiar. César tenía las cicatrices que lo demostraban. Y no hablaba de las que tenía en su cuerpo.

—Mire, no me he roto nada. Tan solo es un rasguño.

—Aunque así sea, debería ir a que lo viera un médico. No merece la pena correr el riesgo.

César apretó la mandíbula. Estuvo a punto de decirle exactamente quién era, que aquella era su finca y que ella era una intrusa, pero eso solo confundiría aún más la situación.

–¿Es una opinión profesional?

Ella lo miró con desaprobación y levantó la barbilla.

–No tengo coche, pero podría llamar a una ambulancia.

¿A una ambulancia? César sacudió la cabeza con incredulidad.

–Por supuesto que no. Puedo esperar hasta que llegue a mi casa.

–No creo que deba esperar. ¿Qué ocurrirá si se siente mareado o no deja de sangrar? –le preguntó ella. Entonces, dudó. César pudo ver el conflicto en su mirada, las dudas por sugerir algo que pudiera ayudar. Hacía algún tiempo, había resultado igual de fácil leer los pensamientos de César, pero él había aprendido con dureza y humillación que era mejor mantener ocultos sus sentimientos o, mejor, aún, evitarlos por completo.

–Mire, podemos ir a mi casa con la moto –añadió observándole con sus ojos grises–. No está lejos de aquí. Tengo un botiquín y sé limpiar una herida. Al menos, deje que eche un vistazo.

Entonces, ella vivía cerca. César se preguntó dónde se alojaría. Le parecía recordar que había un par de casas al otro lado del bosque, pero le parecía un lugar extraño para pasar unas vacaciones. La mayoría de los visitantes de La Habana preferían estar más cerca del centro y de las atracciones turísticas. Sin embargo, aquella mujer tenía algo que le hacía pensar que tal vez no estaba allí para visitar el Malecón, el Gran Teatro o la Plaza Vieja.

¿Por qué estaría allí?

La respuesta no debería importarle, pero, por alguna razón, sí que le importaba.

–Está bien –dijo.–. Puede echarle un vistazo. Pero nada de ambulancias.

Tardaron menos de diez minutos en llegar a su casa. Una vez en el interior, ella le indicó un sofá de aspecto muy cómodo.

–Siéntese y le traeré un vaso de agua.

César se sentó y tuvo la sensación de haber vivido ya aquella situación. Era exactamente el mismo tipo de casa en la que sus abuelos habían crecido, aunque en su caso había sido el hogar de al menos diez personas. A ellos no parecía haberles importado. Para ellos, al igual que para sus padres, la familia lo era todo.

Se rebulló en el asiento. De repente, el dolor que sentía en el corazón era más agudo que el del brazo. Sabía que sus padres estaban muy orgullosos del negocio que había construido, agradecidos de la comodidad y la seguridad que él les había dado, pero lo que más querían, lo que haría que renunciaran de buen grado a su vida de lujos sin dudarlo, sería un nieto al que poder mimar. Por supuesto, ellos nunca se lo habían dicho, o, al menos, su madre no, pero sentía la esperanza que se despertaba en ellos cada vez que César mencionaba el nombre de una mujer.

Sintió un nudo en el estómago. Los niños requerían padres y, por supuesto, dos personas que se amaran la una a la otra. Eso era algo que no iba a ocurrirle a él. Tal vez la mujer adecuada para él estaba en alguna parte. Sabía que, lógicamente, así debía de ser. Sin embargo, la lógica no podía contrarrestar el hecho de que él no confiaba en sí mismo para elegirla, no después de lo que le había ocurrido con Celia.

–Aquí tiene.

Ella había vuelto. Le entregó un vaso de agua y se sentó a su lado con un bol de agua, una toalla y una

caja de plástico. Cuando ella le dijo que tenía un botiquín en casa, César se había imaginado que se refería
a algo más de andar por casa. Sin embargo, aquella
caja, parecía estar a la par con los botiquines que tenían en la destilería.

–Está muy bien preparada –le dijo él suavemente.

–Tan solo es lo básico –replicó ella mirándolo con
acusación–. Usted debería llevar uno en la moto.

En realidad, así era. Estaba a punto de decírselo,
pero, de repente, se distrajo por el modo en el que sus
hermosas cejas doradas se arqueaban con concentración mientras rebuscaba en la caja.

Sacó un paquete y lo miró a los ojos. Entonces, des-
vió la mirada a la mancha roja que tenía en el brazo.

–Tengo que ver si ha dejado de sangrar.

–Está bien.

César asintió, pero, de repente, se vio demasiado
distraído por los pies de la mujer. Ella se había quitado los zapatos y los dedos desnudos resultaban muy
atractivos. Apartó inmediatamente la mirada y la fijó
en el rostro de ella. Vio que se había sonrojado.

–Necesito que se quite la camisa –dijo ella con voz
ronca.

Kitty tragó saliva.

«Necesito que se quite la camisa».

Las palabras resonaban una y otra vez en su cabeza. Bajó la mirada y deseó haber ignorado las obje-
ciones del motorista y haber llamado a una ambulancia. Tras el accidente, al ver que la camisa se le teñía
de sangre, no había pensado en otra cosa más que en
ayudarlo. Ciertamente, no se había imaginado que él
terminaría quitándose la camisa. Sin embargo, ¿cómo

iba a poder curarle una herida que tenía en la parte superior del brazo?

Se aclaró la garganta.

–También podría cortar la manga –sugirió.

Él no contestó. Se limitó a mirarla fijamente. De repente, Kitty se olvidó de la camisa y de la herida. Nadie la había mirado nunca con tanta intensidad. Era como si estuviera tratando de ver dentro de ella, de leer sus pensamientos. Kitty sintió que los músculos se le tensaban con una repentina oleada de calor. Nadie la había mirado nunca así, ni siquiera su esposo. Era una mirada íntima, seductora, una intrusión y una caricia a la vez.

–No, no pasa nada. Me la quitaré.

Kitty observó cómo trataba de desabrocharse los botones, pero estos estaban pegajosos por la sangre. Sin pararse a pensar, se inclinó hacia delante y le apartó las manos.

–Permítame.

A medida que iba desabrochándole los botones, el corazón le latía con más fuerza. Sentía el calor que emanaba de él y, por mucho que lo intentara, no podía evitar que los ojos se le prendieran de la preciosa y bronceada piel que iba dejando al descubierto.

Al llegar a la hebilla del pantalón, dudó. Entonces, evitando la mirada de él, levantó las manos y se echó hacia atrás.

–Dejaré que a partir de ahí se encargue usted.

Él sacó el hombro izquierdo primero y, entonces, sacó el brazo derecho de la manga con mucho cuidado. Durante un momento, Kitty lo observó en silencio. El corazón le latía en la garganta. Hacía tanto tiempo que no contemplaba el cuerpo desnudo de un hombre o, al menos, un cuerpo como aquel.

Anchos hombros que se iban estrechando hasta llegar a una esbelta cintura, fuertes músculos, pero no excesivamente desarrollados, un ligero vello que partía en dos el torso y el abdomen… Además, tenía la piel suave y bronceada, en la que dos cicatrices que corrían casi paralelas al abdomen llamaron su atención. Evidentemente, no había estado bromeando cuando le dijo que había tenido heridas peores. Kitty no comprendía por qué, después de haber sufrido unas heridas tan grandes, era capaz de correr más riesgos. No obstante, guardó silencio. Aquella no era la clase de pregunta que podía hacerle a un desconocido que estaba sentado en su sofá con el torso desnudo.

–¿Qué le parece?

A Kitty le sorprendió la pregunta y lo miró sin saber a qué se refería.

–¿Que qué me parece? –repitió. El cerebro parecía haberle dejado de funcionar.

–El brazo.

Kitty deslizó la mirada por la curva del bíceps y respiró profundamente. Él había estado en lo cierto. La piel estaba dañada y estaba cubierta de tierra del camino, pero era tan solo un rasguño.

–Creo que no es nada importante, pero podré estar más segura cuando la haya limpiado –dijo con una ligera sonrisa–. Dígame si le hago daño.

Había bastante sangre, pero ella no se asustaba fácilmente. Ya no… Después de todo lo que había visto y había tenido que hacer por Jimmy… Además, resultaba más fácil no pensar en lo que podría haber ocurrido si tenía algo práctico que hacer.

–De acuerdo.

Él la miró a los ojos y Kitty sintió que, después, deslizaba la mirada por toda su piel. Sintió que se le hacía un nudo en el estómago. Una sensación con la que ya estaba muy poco familiarizada le surgió en el vientre.

Se obligó a ignorar aquel cuerpo perfecto y se centró en tratar de limpiar la herida con la mayor delicadeza posible, lavando la sangre y retirando con cuidado la arena que había sobre la herida. Ya solo quedaba un poco...

Sentía el pulso de él vibrándole en la piel. Al pensar que aquel pulso podría haber dejado de latir en el bosque, experimentó un fuerte sentimiento de pérdida y de ira, ira por la injusticia de la vida.

Se inclinó un poco más, mordiéndose el labio, y se apoyó sobre el muslo de él para tratar de encontrar el equilibrio.

—Lo siento... —susurró al notar que él contenía la respiración. Al mirarlo, vio que se estaba mordiendo los labios—. ¿Le he hecho daño?

—No exactamente —respondió él—. ¿Ha terminado ya?

—Casi —afirmó ella mientras le secaba la herida con la toalla—. No creo que vaya a volver a sangrar, pero le pondré un apósito para que no tenga que preocuparse —añadió. Entonces, le vio la mano—. ¡Vaya, casi se me había olvidado! —exclamó. Le agarró la mano y comenzó a limpiarle la sangre seca de los dedos—. Ya está.

—¿Tiene hijos?

—¿Cómo? —le preguntó ella mirándolo con confusión.

—Se me ha ocurrido que usted parece estar acostumbrada a cuidar de la gente y está muy bien preparada.

El corazón de Kitty latía con fuerza. No tenía ningún sentido, pero, durante un alocado instante, estuvo a punto de decirle la verdad a él, a un desconocido. En realidad, no se lo parecía. Parecía que aquel hombre la conocía muy bien.

Sintió un nudo en la garganta y apartó la mirada recordando los meses que Jimmy y ella habían tratado de conseguir que se quedara embarazada. Kitty había deseado desesperadamente darle un hijo, pero su cuerpo no cooperaba. Cuando decidieron mirar las opciones médicas que tenían, Jimmy recibió su diagnóstico y, después, nada había importado ya. Desde que llegó a Cuba su ciclo había sido muy irregular.

Levantó la barbilla y descubrió que él la estaba mirando. Negó con la cabeza.

—No, no tengo hijos. No puedo tenerlos —admitió.

Antes, en Inglaterra, incluso le había dolido pensar en aquella frase, pero decírsela a él en voz alta parecía dolerle menos. Era una locura. Y también algo muy injusto para sus padres, para sus amigos y para Lizzie. Todos se habían esforzado mucho por hablar con ella y, de repente, ella se lo había contado todo a un desconocido semidesnudo.

—Lo siento. No necesitabas saber eso.

—No tienes por qué sentirlo. Yo te hice una pregunta y tú la respondiste.

Kitty se repitió aquellas palabras en la cabeza. Él hacía que todo pareciera tan sencillo… Y así era. Todo era sencillo entre ellos. No había historia ni pasado ni futuro. Nada más que una conexión al azar en un polvoriento camino. No obstante, una extraña sensación le estaba despertando en el estómago.

Si ella hubiera estado buscando el amor o una aventura romántica, todo podría haber sido diferente. Sin embargo, nunca habría nadie como Jimmy. Lo que había sentido por él había sido único, pero había terminado. Por suerte, porque sabía también lo que se sentía al perder al amor de una vida y no deseaba volver a experimentar aquella sensación de pérdida nunca más.

Él se movió y, de repente, el pulso de Kitty se desbocó.

Lo que deseaba en aquellos momentos era a él. A aquel hombre. A un desconocido sin nombre. Ansiaba sentir el tacto de sus manos y sus labios caldeándole la piel como si fueran los rayos del sol.

Sintió que los dedos de él se cruzaban con los suyos y se tensó. El aliento se le atascó en la garganta.

Olía su colonia, una mezcla de sándalo y limón junto con el aroma natural de su piel, limpio y masculino, que iba acompañado por la sala y los ardientes rayos del sol. El pulso se le aceleró aún más al notar que él la estaba observando con aquellos maravillosos ojos verdes.

Él estaba demasiado cerca, pero Kitty no se podía mover. No quería hacerlo. Quería acercarse aún más a él, tocarle la curva de los labios, sentir la tensión de su piel, el abultamiento de los músculos. Quería tomarlo entre sus brazos y que él la abrazara a ella, compartir la cálida y sólida intimidad de aquel cuerpo apretándosele contra el suyo.

–Estás temblando –dijo él frunciendo el ceño–. Creo que es una reacción tardía al accidente. Deja que te…

De repente, Kitty se sintió desesperada. El corazón le palpitaba con fuerza. No quería que él se marchara.

–No, no… No es eso…

Durante un segundo, los dos se miraron fijamente. Él estaba muy cerca, lo suficiente para que ella pudiera notar de nuevo el calor de su piel y ver las tonalidades de ámbar que también adornaban sus ojos. No era un recuerdo ni una fantasía. Era un hombre hermoso, lleno de vida y energía, cálido, sólido y real.

Y él también estaba temblando. Kitty lo sentía. Y ella se sentía casi mareada por el deseo.

–No, no es eso… –susurró–. Es esto…

Se inclinó hacia adelante y apretó la mano contra su pecho. Él tenía la piel muy cálida, suave y tensa, tal y como Kitty había imaginado. Por debajo, sentía que el corazón le latía al ritmo del de ella.

Él contuvo el aliento y tensó la mandíbula. En sus ojos, Kitty también podía ver dibujado el deseo, un deseo que trataba de controlar. Cuando él le acarició la mejilla, sintió que toda su resolución desaparecía.

Durante un momento, las miradas de ambos se cruzaron. Entonces, Kitty se inclinó hacia delante y rozó los labios ligeramente contra los de él. Sentía la boca torpe al tocar la de él.

–Ni siquiera sé tu nombre –susurró él.

–No importa.

Kitty volvió a besarlo y él se apartó un poco. Kitty sospechaba que le estaba dando tiempo para pensar, para poder cambiar de opinión. Sentía el corazón completamente desbocado. ¿Debería decir algo? ¿Decirle que ella no solía comportarse así normalmente? ¿Que había cambiado de opinión? No podía hacerlo porque si lo hacía, sería una mentira. Y pararían y ella no quería parar. No quería tener tiempo de pensar o de hablar. Solo quería perderse en aquel momento, perderse en él, porque, en aquellos instantes, ella era así y era a él a quien deseaba.

Le enredó los dedos en el caballo y tiró de él. Inmediatamente, él la estrechó entre sus brazos, y profundizó el beso. Le deslizó las manos por debajo de la blusa y la acarició la espalda hasta llegar al broche del sujetador. Inmediatamente, le quitó la ropa y se la colocó sobre el regazo, de manera que ella quedó sentada a horcajadas. Bajó los labios y le besó los senos, rozándole los pezones con la lengua. En cuestión de un segundo, el cuerpo de Kitty se volvió líquido.

La intensidad de su deseo fue tanto una sorpresa como una revelación para ella. Antes siempre había sido un lento progreso. Con aquel desconocido, fue como echar una cerilla a un bidón de gasolina, un fuego ardiente, rápido, que lo borraba todo a excepción del deseo de sentir más.

Él le había colocado las manos en la cintura, sujetándola. La boca buscaba la de ella e instintivamente, Kitty buscó la hebilla del cinturón.

Él le agarró inmediatamente las muñecas.

—Vayamos primero a tu dormitorio…

—No… —replicó ella zafándose de él. Le desabrochó el cinturón y luego la cremallera. Sintió que el cuerpo del desconocido se tensaba cuando le agarró el miembro.

Una vez más, él le agarró las manos.

—No tengo preservativos.

—Yo tampoco.

Durante un momento, Kitty se quedó en estado de shock. Se había olvidado de aquel detalle. Por sus palabras, él demostraba que era un amante responsable y el hecho de que la estuviera refrenando demostraba que podía confiar en él.

—No pasa nada…

Se inclinó de nuevo sobre él y le rodeó el cuello con los brazos para volver a besarlo. Con un gruñido, él levantó las caderas y se liberó de los pantalones. Entonces, se reclinó hacia atrás, arrastrando a Kitty con él.

Las pupilas se le dilataron y, durante un segundo, Kitty le montó con cuidado, rozando ligeramente la firme masculinidad y gozando con el poder de excitarlo. Entonces, se agarró a los hombros de él para colocarse mejor, separó un poco más las piernas y lo guio dentro de ella.

Él contuvo la respiración. Tenía la mandíbula tensa por la concentración. Los músculos de brazos y torso se tensaron cuando ella comenzó a moverse, con la respiración agitada. Entonces, él le colocó los dedos entre los muslos, moviéndolos al ritmo que ella marchaba, despertando en ella un ferviente y vibrante deseo.

Él la miró a los ojos.

–¡Mírame! –le ordenó con voz ronca.

Kitty trataba de mantener el control. El deseo estaba a punto de estallar dentro de ella. Se agarró frenéticamente a los brazos de él, tirando y luego empujándolo, necesitando dejarse llevar, pero deseando también que aquello durara eternamente.

Contrajo los músculos y le aprisionó con su cuerpo. Sintió que él le enredaba las manos en el cabello y, de repente, ya no pudo soportarlo más. Se arqueó contra él y se tensó contra la firmeza de su miembro y comenzó a temblar sin poder controlarse. Él lanzó un gruñido y se hundió un poco más dentro de ella, buscando el centro de su cuerpo. Entonces, jadeando dentro de la boca de Kitty, empujó hacia arriba una última vez.

Capítulo 3

LENTAMENTE, César respiró profundamente y abrió los ojos. Durante un momento, no supo dónde estaba. Entonces se acordó. Debía de haberse quedado dormido durante un instante, acunado por la lánguida calidez de su cuerpo y la repentina pesadez de sus propias extremidades.

Miró el techo y frunció el ceño. Había pasado mucho tiempo desde la última vez que había tenido a una mujer así. Más de una década. Sin embargo, aquel día había sido excepcional por muchas razones.

Sintió un nudo en el pecho cuando notó que la más excepcional de esas razones se movía a su lado. Miró el cuerpo desnudo acurrucado junto al suyo y sintió que el pulso se le aceleraba. Había hecho lo que se había jurado que jamás volvería a hacer. Había dejado que su libido dictara sus actos.

Hizo un gesto de decepción. No necesitaba que nadie le recordara las consecuencias de aquella humillante indiscreción de juventud. Estaban marcadas en su conciencia y a pesar de los años, aún era capaz de sentir el shock y la desilusión de sus padres. Después de haber hecho el ridículo con Celia, se había jurado que no volvería a permitir que ninguna mujer le afectase en modo alguno. Y había mantenido su promesa.

Hasta aquel día. Hasta…

¡Maldita sea! Gracias a su repentina y completa

pérdida de control, muy impropia de él, ni siquiera sabía su nombre. La fuerza y la intensidad de su deseo le había pillado desprevenido. Debería haberla dejado en la carretera. Debería haber llamado a Andreas, su jefe de seguridad, para que se ocupara de ella. después de todo, ese era su trabajo. En vez de eso, había dejado que una boca rosada y sugerente le hiciera perder el control.

Debería haber parado lo que estaba ocurriendo cuando ella le besó con aquella boca, pero, en cuanto sintió aquellos labios sobre los suyos, el cerebro, el cuerpo y su autocontrol habían dejado de funcionar. Su pasado y sus promesas habían quedado olvidados. Nada había importado más que ella. Todo su ser se había visto apresado por la necesidad de tocar y besar cada centímetro de su cuerpo. Incluso en aquellos momentos su cuerpo reclamaba más.

Torció la boca. ¿Qué iba a pasar a continuación?

Como si estuviera escuchando sus pensamientos, la mujer se movió de nuevo. Inmediatamente, la entrepierna de César cobró vida. Como no quería que ella viera la habilidad que tenía para excitarlo, empezó a apartarse, pero ella ya se había incorporado y había recogido toda la ropa que había en el suelo con un rápido movimiento.

¿Tenía experiencia en situaciones así?

Aquel pensamiento se apoderó rápidamente de su cabeza, pero lo apartó con la misma velocidad. No era asunto suyo. Además, no estaba en posición de juzgar.

–Toma –murmuró ella–. Esto es tuyo.

Se metió la blusa por la cabeza. Cuando César vio brevemente sus redondos pechos, sintió un hormigueo en la piel y su deseo cobró vida con un repentino apetito. Ella era muy sexy. De repente, los minutos de tórrida pasión que habían compartido antes le pareció el aperitivo del plato principal.

Deseaba más. Deseaba volver a sentir aquella suave piel junto a la suya, escuchar el susurro de su aliento contra la boca.… Su última relación había terminado hacía poco más de siete semanas. Desde entonces, había estado centrado en el trabajo y había descuidado su vida personal. Sin embargo, dado lo mucho que se esforzaba por mantener sus límites, tal vez sería mejor decir «vida impersonal».

Fuera como fuera, hacía mucho tiempo que no había tenido sexo y aquella hermosa y desinhibida mujer había despertado su apetito.

¿Y qué si había sido así?

Había ocurrido y había sido increíble. Mejor que increíble, recordó al mirar el sofá. No iba a funcionar que no volvería a tumbarla en aquel sofá para seguir donde lo habían dejado. Tampoco iba a negar que ella fuera atractiva o que no se sintiera atraído por ella. Sin embargo, fuera lo que fuera aquello que estaba sintiendo, no iba a volver a dejarse llevar, por mucho que fuera el deseo que sentía.

De hecho, aquella respuesta física sin precedentes solo acrecentaba su determinación de permanecer frío y distante. Ya había cometido el error de confiar su cuerpo antes y había resultado que su libido no había sabido juzgar el carácter de nadie con mucho acierto.

Se miró las cicatrices que le recorrían el pecho y el abdomen. Tal vez provenía de una clase diferente de comportamiento alocado, pero las había adquirido con honestidad, y no como resultado de un engaño o de una debilidad emocional.

Habría otras mujeres y, la próxima vez, se andaría con más cuidado.

Recogió los pantalones y la camisa que ella le ofrecía y empezó a vestirse.

En su experiencia, las mujeres normalmente trataban de extender aquel momento. Era una de las razones por las que siempre había preferido tener sus encuentros en un lugar neutral. Sin embargo, aquella mujer ni siquiera había querido saber su nombre y el hecho de haber mantenido relaciones sexuales con él no parecía cambiar ese hecho.

Era una experiencia completamente nueva para él, una experiencia que, en teoría, le debería resultar bienvenida. Sin embargo, se encontraba algo agraviado por su falta de curiosidad.

Pero el hecho de que no conocieran ni siquiera sus nombres era en realidad una ventaja. Por primera vez en su vida había tenido relaciones sexuales con una mujer que no sabía ni le importaba quién fuera él. Lo más extraño era que César parecía confiar en ella más por eso.

Aquel encuentro no había sido un plan cuidadosamente diseñado para seducirlo. No había nada falso. Ella no le había dicho que lo amara ni que fuera especial. Tampoco le había hecho promesas. Los dos habían conseguido lo que querían y ya podían volver a su vida normal.

Se abrochó el cinturón y comenzó a ponerse la camisa.

—¿Tienes el brazo mejor?

Al mirarla, sintió que el pulso se le aceleraba. Un mechón de aquel glorioso cabello rojo le caía por la frente. Tuvo que contenerse para no extender la mano y apartárselo del resto.

—Sí. Como nuevo.

Ella le dedicó una tensa sonrisa.

–Me alegro.

Se produjo un momento de silencio y, entonces, ella se aclaró la garganta.

–Mira, en realidad no sé lo que es normal para esta situación. No suelo hace estas cosas, ¿sabes?

–Yo tampoco –dijo él encogiéndose de hombros.

Cuando César vio la tensión que había en el rostro de la mujer, supo con toda seguridad que él le gustaba. Lo que no comprendía era por qué aquello le importaba.

Ella se sonrojó.

–Está bien… Estoy segura de que tienes muchas cosas de las que ocuparte.

César terminó de abrocharse la camisa. En otras palabras, ella quería que se marchara. Lo estaba echando de la casa.

–Por supuesto –dijo algo molesto. Sentía la necesidad de dictar los términos en aquel encuentro. Miró a su alrededor–. Bonita casa –añadió–. ¿Cómo la encontraste?

–Venía con mi trabajo.

–¿Qué trabajo? –preguntó él con cierta inquietud.

–Trabajo para Dos Ríos, ya sabes, el ron. Seguro que lo conoces.

César sintió un nudo en el pecho. Dos Ríos tenía la costumbre de proporcionar alojamiento temporal a los asesores o los contratistas de otros países. Su asistente personal conocería todos los detalles, pero, evidentemente, a él no se lo habían notificado. Las idas y venidas de sus empleados estaban muy por debajo de lo asuntos de los que él solía ocuparse.

–Debería –replicó el–. Esa empresa la fundó mi familia.

César la observó atentamente para ver qué efecto tenían sus palabras.

–¿Qué es lo que quieres decir? –le preguntó ella. Sus mejillas habían palidecido–. Yo no… Yo no…

–¿No lo comprendes? –repuso César terminando la frase por ella–. En ese caso, tal vez debería presentarme. Mi nombre es César Zayas y Diago.

En el tenso silencio que siguió a aquella afirmación, Kitty sintió que se rompía por dentro.

–No, no puede ser…

No podía ser él. No podía ser. Ella había estado en el laboratorio el día anterior y seguramente alguien habría mencionado algo sobre la inminente llegada del gran jefe. Él debía de estar mintiendo.

Sin embargo, mientras lo observaba, se dio cuenta una vez más de lo cara que era su ropa y de que los zapatos que llevaba puestos eran de cuero negro y estaban hechos a mano.

Lo miró de nuevo y sintió que volvía a ruborizarse al ver que él extendía la mano.

–Te lo aseguro.

Su voz era más fría y su autoridad parecía haber adoptado un aire de inflexibilidad, como el acero. Aquella actitud confirmó a Kitty que él estaba diciendo la verdad.

No le quedó más remedio que estrecharle la mano brevemente. Él le miró el rostro y sonrió, pero ya no era la sonrisa lenta y lánguida de su imaginación, sino un gesto frío y reservado. La sonrisa del dueño de una empresa. La sonrisa de su jefe.

El corazón le latía con fuerza. Deseó que hubiera algún error, pero sabía que no era así. Fuera como fuera como lo mirara, el resultado era el mismo. Acababa de tener sexo salvaje encima de un sofá con el hombre que le firmaba su nómina.

La cabeza le giraba.

En los cinco años que habían pasado desde la muerte de Jimmy, ni siquiera había mirado a un hombre ni, ciertamente, había tenido la intención de conocer a uno aquel día. Lo más irónico de todo aquello era que, si así hubiera sido, habría tenido más cuidado y no habría provocado accidente alguno.

El pánico se apoderó de ella.

Si la hubiera hecho presentarse en su despacho para conocerla formalmente, como cualquier jefe normal, aquello no habría ocurrido nunca.

Al recordar todo lo que había experimentado contra su cuerpo, se sintió profundamente avergonzada. Con él, se había convertido en otra persona. Sus manos y su boca habían despertado una mujer salvaje y apasionada. El deseo que ella había sentido había sido incontrolable. No había creído que fuera posible sentir lo que él le había hecho sentir. Había sido increíble y ella aún estaba gozando por lo que había ocurrido y por el hecho de que ella misma lo había provocado.

Había querido experimentar besos y caricias, sentir el peso sólido de un hombre hundiéndose en ella. Había deseado que fuera él.

No había nada de amor o compromiso. Ni futuro ni compañeros de camino. Sabía que el vacío de su corazón jamás podría verse llenado por un hombre. Sabía que al otro lado del amor estaba la pérdida y, sencillamente, no podía volver a pasar por el terrible dolor de la soledad.

Después de que Jimmy muriera, el dolor había sido insoportable y se había jurado que jamás se permitiría volver a ser tan vulnerable. Era mucho más fácil cerrar esa parte de su vida en vez de arriesgarse a que se lo arrebataran de nuevo.

Sin embargo, seguía siendo una mujer y él era tan guapo... De repente, todo le pareció suficiente para dejarse llevar y soltarse el pelo. Sin embargo, comprendía que una parte por lo que había sido suficiente había sido su anonimato y el hecho de saber que jamás volvería a verlo.

Desgraciadamente, resultaba que estaba trabajando para él.

Lo miró y, sin saber por qué, se imaginó el rostro de su hermana. A Lizzie no le importaría que César fuera su jefe. Diría que el deseo era igual para todos. Por supuesto, esto cambiaba cuando el que había compartido aquel deseo era el jefe. Desgraciadamente, no se podía cambiar lo ocurrido así que iba tener que apechugar con lo que había hecho.

Sintió un nudo en el estómago. Ser viuda le había enseñado todo lo necesario sobre lo que había que hacer para enfrentarse a las dificultades.

—No sabía quién eras.

—Evidentemente —dijo él—. A menos que siempre trates de asesinar a tus jefes para luego poder seducirlos.

Kitty se sonrojó.

—No traté de matarte. Tú estuviste a punto de atropellarme.

—Pero sí que me has seducido.

Kitty sintió que se le hacía un nudo en el estómago. No era una pregunta y no había motivo para mentir.

—Si hubiera sabido quién eras...

—Entonces, ¿dices que trabajas para mí?

–Trabajo para Dos Ríos.

Después de lo que había ocurrido entre ambos, le parecía importante diferenciar entre el hombre y su negocio.

–¿En qué?

–Estoy trabajando en los rones de aniversario –dijo ella–. Me llamo Kitty Quested.

–Ah, sí –dijo él lentamente–. Blackstrap.

De repente, Kitty sintió que el pánico se apoderaba de ella. Zayas iba a despedirla.

–Sé lo que estás pensando…

–Y yo sé lo que estás pensando tú –replicó él mirándola a los ojos–, pero no, no voy a despedirte. Y sí, pensándolo bien –añadió señalando el sofá–, fue una pésima idea, pero ya es demasiado tarde para preocuparnos al respecto.

César hizo una pausa. Kitty sintió que se sonrojaba profundamente al notar que los ojos verdes de él se detenían en sus labios.

–De hecho, también era demasiado tarde cuando te vi en la carretera.

Kitty contuvo la respiración. Sintió que su cuerpo se despertaba de nuevo y luego experimentó una oleada de vergüenza. ¿Cómo podía responder de un modo tan potente ante un hombre que, para ser sincera, no conocía? El hombre al que había amado, al que aún amaba, estaba muerto. No tenía ningún sentido e iba a terminar en aquel mismo instante.

Fuera lo que fuera lo que habían compartido, sería mejor y más sencillo, más seguro, que existiera tan solo a nivel profesional a partir de aquel momento.

–Esto no volverá a ocurrir. Evidentemente, fue solo…

–¿Sexo?

Ella se sonrojó aún más, pero le mantuvo la mirada.

–Sí, fue solo sexo. Lo que es más importante es nuestra relación laboral, por lo que creo que sería mejor que nos olvidáramos de todo lo ocurrido.

César la observaba en silencio.

–Te aseguro que eso no será ningún problema –dijo–. Desde este momento, nuestra relación será tabla rasa. Sin embargo, no tienes por qué preocuparte de nuestra relación laboral. En realidad, no paso mucho tiempo en La Habana, señorita Quested.

Sus palabras fueron cortantes. Su expresión impasible.

–Espero que disfrute del tiempo que pase en Dos Ríos y le deseo todo lo mejor en el futuro.

Kitty observó cómo se daba la vuelta y se marchaba. Cuando la puerta se cerró, ella respiró con alivio.

Se había ido. Lo que quería.

Lo mejor de todo parecía ser que no se volverían a ver. Eso era lo que ella también deseaba. Era mejor así.

Sintió un nudo en la garganta.

Lo único que tenía que hacer era conseguir creérselo.

Capítulo 4

KITTY estaba encorvada sobre su portátil, leyendo con desesperación sus notas. Estaba tratando de no dejarse llevar por el pánico, pero no había razón para no negar lo evidente. Después de semanas de pruebas y experimentos, estaba atascada.

Se irguió y miró a su alrededor, observando el amplio espacio del laboratorio de Dos Ríos. Estaba a punto de llorar.

Casi nunca lloraba. En los libros y en las películas, las lágrimas eran capaces de sanar heridas, pero en la vida real solo terminaban dando dolores de cabeza y estropeando la piel. Sin embargo, llevaba sintiendo una profunda tristeza desde hacía unas semanas. No se parecía en nada a la que había sentido al perder a Jimmy, una pena profunda que le había hecho sentirse como si estuviera en el fondo del mar y estuviera tratando de ver algo a través de las oscuras aguas. No. Era más bien frustración por el hecho de que no parecía poder hacer su trabajo.

Tampoco la ayudaba el hecho de que, en Inglaterra, con Blackstrap, el proceso le hubiera parecido tan fácil. En parte, había sido porque estaban empezando y no tenía presión alguna ni fecha límite. Sin embargo, en aquellos momentos estaba trabajando para una empresa con fama mundial por la calidad de su ron y el tiempo se le estaba acabando.

Cerró el ordenador y se lo metió en la bolsa. Bajó al vestíbulo y salió al exterior. Después del aire acondicionado de los laboratorios, aquel calor le parecía similar al de un horno. Agradeció meterse en el coche y poner el aire acondicionado ahí también.

Se reclinó en el asiento y cerró los ojos. Probablemente, en parte se sentía tan derrotada porque estaba cansada, el tipo de cansancio que le hacía sentirse como si cargara un peso, que físicamente parecía estar aplastándola.

Suspiró. Era culpa suya. Había estado durmiendo muy mal y despertándose temprano y, aunque estaba acostumbrada a estar sola, los días habían empezado a resultarle muy largos. Sin planearlo, había caído en la rutina de ir a los laboratorios y quedarse allí hasta muy tarde.

Resultaba evidente que estaba agobiada. Tenía que olvidarse del ron, ponerse protección solar y hacer algo de ejercicio y tomar el aire. No recordaba casi lo que era sentir los rayos del sol en el rostro ni cuándo había sido la última vez que había salido a dar un paseo.

Se le detuvo el pulso. Sabía exactamente cuándo había sido la última vez que salió a dar un paseo. No iba a olvidarlo tan fácilmente. Más bien, él era alguien que no podría olvidar.

Recordó la mirada verdosa de César Zayas y su fuerte y musculoso cuerpo y sintió que la piel se le tensaba. Apretó los muslos con fuerza para reprimir una repentina y excitante oleada de calor.

Se había prometido que no iba a pensar en él aquel día. Era la misma promesa que se hacía todas las mañanas desde que él se marchó de su casa.

Sintió que las mejillas se le habían sonrojado. Era

una tontería sentirse así dado que él había sido un completo desconocido, pero lo era aún más, dado que ya sabía que él era su jefe. Desgraciadamente, no podía dejar de pensar en su bello y masculino cuerpo, en sus manos y en su boca, en la firme e insistente presión de su cuerpo contra el de ella.

Iba a tener que parar. No se lamentaba de lo que había ocurrido, porque había sido maravilloso, pero los sentimientos que hubieran podido surgir en aquellos momentos no tenían nada que ver con la realidad. Las cosas simplemente se habían desmadrado un poco…

Abrió los ojos y observó los inmensos campos de caña de azúcar. Evidentemente, no era lo ideal que César fuera su jefe, pero Kitty comprendía por qué había ocurrido. Después del fallecimiento de Jimmy, Kitty había dejado de comer, no deliberadamente, sino porque parecía que se le olvidaba la comida. Lo único que quería hacer era dormir. Por fin, poco a poco, regresó el apetito y, a pesar de que aún seguía estando algo delgada, su peso era completamente normal. Lo que no lo era tanto había sido el hecho de no tener relaciones sexuales con nadie durante tanto tiempo.

No era solo el sexo. Aparte de compartir abrazos con su familia, tenía poco contacto físico. Ni siquiera tenía una mascota a la que pudiera querer. Tenía veintisiete años y llevaba cinco años sin ser besada o besar a alguien. Tan solo había querido recordar lo que se sentía cuando un hombre la estrechaba entre sus brazos, la acariciaba o la besaba. Tal vez si hubiera cedido ante aquella necesidad antes, no se estaría sintiendo así en aquel momento, pero después de muchos años de ignorar a los hombres, no era de extrañar que se hubiera dejado llevar por un momento de febril y salvaje pasión

Cuando llegó a su casa, se dio una larga ducha fría y luego se sentó en la cama con un libro y un vaso de zumo de mango. Normalmente, no le gustaban los zumos de frutas, pero, por alguna razón, habían empezado a apetecerle mucho.

Veinte minutos más tarde, no había leído ni una sola palabra. Sabía que aquella sensación de pesadez en las extremidades era algo psicosomático. Si lograba recuperar la inspiración, todo cambiaría en un abrir y cerrar de ojos. Su estado de ánimo mejoraría y podría olvidarse de los recuerdos que tenía con su atractivo jefe y de la increíble e involuntaria atracción que había experimentado hacia él. Si pudiera encontrar el modo de hacer que el ron cantara… Sin embargo, nada estaba funcionando hasta el momento.

Sintió que el pánico se apoderaba de ella de nuevo. Miró a su alrededor y vio el vestido que estaba colgado del tirador de su armario. Lo había comprado impulsivamente. En las semanas anteriores a su vuelo a Cuba, había ido varias veces de compras a Londres, principalmente para que Lizzie la dejara en paz. Como sabía que su hermana se sentiría desilusionada si volvía a casa sin nada más que repelentes de insectos y sombreros, entró en una boutique en la que incluso una camiseta básica costaba tanto como su billete de tren para volver a casa. Se sentía completamente fuera de lugar, pero empezó a mirar entre las perchas tratando de parecer que era una clienta habitual. Y allí estaba el vestido.

De color rosa chillón, con un llamativo estampado de flores exóticas, mangas farol y una delicada falda que hacía destacar sus piernas. Era llamativo, sensual, pero muy caro, es decir, nada que ver con la clase de vestido que ella compraba habitualmente. Sin embargo, en su cabeza, parecía encajar perfectamente con la fantasía que ella tenía de los clubes nocturnos de La Habana.

De repente, con sorprendente claridad, comprendió lo que iba a hacer. Iba a salir a La Habana. Iba a beber mojitos, a bailar y a dejarse llevar por el vibrante ritmo de la salsa en el corazón de Cuba.

—Lo siento, señor Zayas, pero la carretera está cortada. Voy a tener que ir por el centro.

César levantó la mirada de su portátil y miró por la ventana. Una larga fila de coches trataba de avanzar y de encontrar su espacio, acompañados de la creciente cacofonía de los gritos y de los cláxones.

—¿Ha sido un accidente?

—No lo creo, señor. Parece que están trabajando en la carretera.

—Está bien, Rodolfo. Puedo esperar.

Tensó los hombros. Si eso era verdad, ¿por qué había cambiado el orden de todo su horario y le había ordenado a Miguel, su piloto que, a mitad de vuelo, se dirigiera a La Habana en vez de dirigirse a las Bahamas como estaba planeado?

Estaba intentando comprar un nuevo catamarán e iba de camino a Freeport para reunirse con los arquitectos y los ingenieros cuando, de repente, cambió de opinión. O eso fue lo que le dijo a la tripulación del avión y a sí mismo. La verdad era que no hacía más que volver a La Habana desde que salió de aquella casa de su finca hacía siete semanas, con la sangre hirviéndole en las venas.

Sintió que el vientre se le tensaba.

Kitty Quested.

Después de marcharse de La Habana en aquella ocasión, se había resistido para no buscar información sobre ella. Al final, había terminado mirando en su expediente, asegurándose que si buscaba respuesta para todas las preguntas que le rondaban la cabeza, el misterio se resolvería y todo terminaría. Sin embargo, las preguntas se habían multiplicado.

Ella era más joven de lo que había pensado y, profesionalmente, no tenía experiencia. ¿Cómo había podido crear un ron tan increíble?

Crear tantos matices de sabores y una mezcla tan compleja le habría llevado tiempo y persistencia, cualidades que no eran comunes en su edad. Ciertamente, él no las había tenido cuando su padre le hizo sentarse y le dijo que tendría que hacerse cargo de la dirección de Dos Ríos. Al recordar la reacción que tuvo en aquel momento, sintió que se le hacía un nudo en el pecho. Pánico. No estaba listo para hacer lo que su padre le había pedido. Una infancia regalada no había sido preparación adecuada para las responsabilidades que implicaba la dirección del negocio familiar. Después de terminar sus estudios, había querido viajar, no trabajar. Divertirse y verse libre del amor incondicional, y en ocasiones agobiante, de sus padres.

No podía culparlos por querer implicarse tanto en su vida. Habían deseado tener un hijo durante tanto tiempo y habían sufrido tantas desilusiones que, cuando él nació, había sido demasiado tarde para que pudiera tener hermanos o hermanas y el destino había quedado sellado. Siempre sería el hijo único, amado y mimado.

Sabía que tenía mucha suerte de que lo quisieran tanto, pero su posición como hijo único y heredero era complicada. Por suerte, después de que terminara su máster en administración de empresas, sus padres accedieron a dejarle que se tomara un año para vivir la vida y cometer sus propios errores y eso había sido exactamente lo que él había hecho.

El resultado había sido nefasto. Había terminado haciendo daño a los que más lo querían. El único consuelo de todo lo ocurrido fue que le había enseñado a él una valiosa lección de vida: la confianza había que ganársela. Y, sin embargo, incomprensiblemente, había sentido que podía confiar en Kitty.

Nada tenía sentido sobre ella. Desde la repentina aparición en aquel camino a la desbordante pasión que había mostrado en la casa. Era un misterio, un enigma, una gloriosa mezcla de cabello rojo, piel blanca y unos expresivos e hipnóticos ojos grises.

¿Era de extrañar que, durante semanas, ella apareciera en sus pensamientos sin previo aviso, pero con enloquecedora regularidad?

Imágenes de su hermoso cuerpo desnudo, ondulándose sobre el de él, con los últimos rayos de sol iluminando las húmedas y calientes pieles de ambos, ocupaban sus días y turbaban sus noches, hasta el punto que, por primera vez desde la adolescencia, el cuerpo de César parecía estar a merced de sus hormonas.

Por eso, había estado yendo a La Habana con bastante regularidad a pesar que, durante años, había racionado sus visitas, más aún desde que había trasladado a sus padres para que vivieran en Palm Beach. Siempre que llegaba a la ciudad, sentía el mismo conflicto. Alivio por volver a casa, pero pena por no poder ser nunca él mismo allí. Sin embargo, así tenía que ser. El joven y alegre muchacho que se marchó de Cuba para ir a estudiar a los Estados Unidos no había regresado nunca. En su lugar, había un hombre que llevaba una vida de orden y de contención.

La mayoría de las veces.

Lo ocurrido con Kitty Quested no debería haber ocurrido nunca. Normalmente tenía mucho cuidado y, además, ella era una empleada. Sin embargo, algo había ocurrido en aquel camino… una chispa que había prendido.

Al recordar, sintió que los músculos se le tensaban. No por el impacto contra la grava del suelo, sino por lo que vio al levantar la mirada. Una hermosa mujer de cabello rojizo, que flotaba a su espalda como la cola de una cometa. Le había parecido menuda y frágil, pero no fue así, tal y como demostró cuando empezó a recriminarle lo ocurrido. Decidió que la única explicación para lo que había ocurrido era que los sentimientos de ambos estaban algo alterados. Un accidente, la ira, la confusión sobre sus respectivas identidades… Todo había actuado como la pólvora emocional que solo había necesitado de una chispa para que prendiera la atracción que ambos habían sentido… una atracción que había esperado que desapareciera en el momento en el que saliera de la casa.

No había sido así. Y, por eso, necesitaba volver a verla.

La última vez, había tenido que salir huyendo, no solo de Kitty, sino también de su pasado, un pasado que le atosigaba, una debilidad de la que pensaba que podía escapar manteniéndose lejos de la tentación.

Kitty había sido esa tentación. Mucho más que eso. Era una obsesión. César se había sentido atónito y asombrado al descubrir que seguía teniendo la misma debilidad dentro de él, una debilidad que le había causado a él y a su familia tanto dolor.

No había tenido elección. En Cuba, con ella tan cerca, existía la posibilidad de que hubiera cedido a la tentación. Lo mejor era poner distancia entre ellos para evitar el riesgo de que ocurriera y, además, sacársela de la cabeza.

Desgraciadamente, eso no había ocurrido. Fuera donde fuera, o recorriera los kilómetros que recorriera, no servía de nada. Ella se le había metido en la cabeza de tal manera que no había modo de sacarla. No podía pensar en nada que no fuera ella. Fue entonces cuando se dio cuenta de que había cometido un error.

Dejarla tan repentinamente le había provocado algo similar a un síndrome de abstinencia. Su cuerpo sufría el mono de no tenerla. Quería más y se lo estaba negando, por lo que ella se había convertido en una especie de fruta prohibida, un placer ilícito y fuera de su alcance. Por eso no había podido dejar de pensar en ella.

Si la volvía a ver, ella sería de nuevo un ser real y el poder que parecía ejercer sobre César desaparecería. Entonces, él podría tomar una nueva amante, alguien que ni trabajara para él ni que viviera en su finca y el deseo que sentía por la pelirroja inglesa desaparecería para siempre. Kitty Quested sería tan solo el nombre en una nómina.

Más calmado ya, se recostó sobre el asiento de su todoterreno. El cielo estaba empezando a teñirse de tonos rosados y anaranjados. Los hoteles modernos y poco atractivos estaban dejando paso a grandes plazas llenas de palmeras y repletas de los icónicos coches estadounidenses pintados de todos los colores. El todoterreno aminoró la marcha al encontrarse con los adoquines de las calles de La Habana Vieja. César se inclinó hacia delante y miró por la ventana.

Era la típica noche de viernes. Las calles estaban repletas de ruidos y risas. Había gente por todas partes, gente que sonreía, que charlaba, que bailaba… César miró sus rostros recordando cuando él se había sentido así y, entonces, su mirada se detuvo en algo que le resultó muy familiar.

Cabello del color de las hojas en otoño y la curva de una delicada mejilla, que parecía relucir en la tenue luz del atardecer. Frunció el ceño. No podía ser. Ni con ese vestido ni con esos zapatos de tacón. Entonces, ella se volvió y César sintió que se le paraba el corazón. Era ella. Vio que Kitty sonreía a una mujer de cabello oscuro que la seguía. Separó los labios para esbozar una sonrisa. Entonces, se dio la vuelta y echó a correr para entrar en un bar.

El cerebro de César tardó diez segundos en pasar de la incredulidad a los recuerdos de aquella tarde, cuando ella se arqueaba sobre su cuerpo, dejando que él le acariciaba las curvas de su cuerpo…

—Para el coche.

—¿Cómo ha dicho, señor?

—He dicho que pares el coche –replicó César, ignorando la sorpresa que se había reflejado en la voz de Rodolfo.

—Sí, señor.

—Tengo que hablar con alguien. Aparca el coche a la vuelta de la esquina. Yo te llamaré cuando quiera que me recojas.

Sin esperar a que Rodolfo contestara, César abrió la puerta y bajó del coche. El aire era dulce y húmedo. Entre las risas y las charlas, se escuchaban las notas del reguetón y de la salsa que sonaba en los bares cercanos. Sin embargo, a él solo le interesaba la llamativa puerta amarilla a través de la cual había entrado Kitty.

Miró el cartel. Bar Mango. No lo conocía, pero no era necesario. Se imaginaba exactamente cómo sería, el calor, las hormonas que vibraban al ritmo de la música, los grupos de desconocidos que danzaban juntos como si fueran amantes…

Avanzó rápidamente entre la multitud y subió los escalones de dos en dos. Abrió la puerta. En su interior, la música era ensordecedora y la temperatura varios grados más alta que en la calle. La sala estaba a rebosar de gente. Recorrió los rostros con la mirada, sintiendo que el corazón le latía a toda velocidad cuando observaba cada rincón oscuro sin verla. Era imposible que se hubiera marchado ya…

Sintió una profunda desilusión y, de repente, se tensó de nuevo cuando la vio. Se preguntó cómo era posible que le hubiera costado tanto encontrarla. Estaba junto a la barra, hablando con la misma mujer de cabello oscuro con la que le había visto antes. Evidentemente, formaban parte de un grupo mayor de chicas, todas más o menos de la misma edad que Kitty. Todas eran jóvenes y hermosas, seguras de su belleza, pero todas se desvanecían en comparación con Kitty. Ella parecía relucir en la oscuridad. Su brillante cabello y su boca, los contornos de sus mejillas eran una clase maestra del claroscuro.

De repente, sintió que su cuerpo reaccionaba a la seducción que había en el ambiente y… al sexo.

Respiró profundamente.

En otra vida, con otra mujer, podría haber dudado, pero al ver cómo ella se inclinaba para hablar con el camarero y la sonrisa que él le dedicaba, César experimentó una sensación en el pecho y tuvo que abrirse paso entre los que abarrotaban el club. No sabía qué iba a decirle, y mucho menos cómo reaccionaría ella al verlo allí, pero no tenía tiempo de pararse a pensar.

Al llegar junto a ella, Kitty se dio ligeramente la vuelta y miró por encima del hombro.

–¡Señor Zayas!

Ella abrió los ojos con gesto de sorpresa y César la contempló con excitación, sintiendo que la espalda se le tensaba del mismo modo que le había ocurrido en la moto justo antes de perder el control.

–Señorita Quested…

Su voz sonó tan formal, tan ajena a lo que había estado pensando sobre ella momentos antes… De repente, a César le costó encontrar las palabras. Su único consuelo era que ella parecía más atónita y sorprendida que él.

–No sabía que había regresado –dijo ella sonrojándose.

La confusión y el azoramiento que ella demostraba le resultaron a César muy satisfactorios. Había vuelto a recuperar el control.

–He llegado esta tarde –respondió. Entonces, vio que un trío de mujeres lo estaba observando–. ¿Ha salido con sus amigas?

–Sí. Bueno, en realidad las he conocido esta misma noche. Hay un grupo *online* de expatriados. Me puse en contacto con ellos y quedamos en salir esta noche. ¿Y usted? ¿Ha salido también con sus amigos?

Durante un momento, César pensó en decir la verdad, pero reaccionó a tiempo.

Asintió.

–Sí. Acabo de separarme de ellos –mintió–. Vi que entraba usted aquí y pensé en entrar también… bueno… para saludarla. Y para presentarme adecuadamente –añadió. Su cuerpo parecía estar de acuerdo.

–Sobre lo que ocurrió…

–Kitty, estamos pensando en ir a Candela. Es otro bar, pero algo más animado que este, ¿sabes? ¿Te parece bien? –le preguntó la mujer de cabello oscuro. Entonces, miró a César y fingió sorprenderse–. Lo siento, no quería interrumpir.

–No. No interrumpes –dijo Kitty–. Carrie, este es… Kitty dudó.

–César –concluyó él con voz muy casual y normal.

–Encantada de conocerte, César –comentó Carrie con una sonrisa–. ¿Cómo es que os conocéis?

Kitty se sobresaltó.

–Bueno, somos… somos…

–Amigos. Nos conocimos en el trabajo –respondió él sonriendo a Carrie–. ¿Eres también de Inglaterra?

Carrie asintió.

–Sí, de Londres. Mira, si quieres venirte con nosotras, no hay problema, pero os dejaré un momento a solas para que lo habléis –añadió mirando a Kitty. Entonces, le apretó ligeramente el brazo–. Solo dime lo que quieres tú hacer, ¿de acuerdo?

Kitty asintió. De repente, todo el mundo empujó hacia la barra y ella se vio empujada hacia César. Durante un instante, sus suaves curvas quedaron apretadas contra el cuerpo de él. César sintió que la mente se le quedaba en blanco, pero reaccionó instintivamente y le agarró el codo para ayudarla a mantener el equilibrio.

Al ver que las pupilas de ella se dilataban, le recorrió el cuerpo una descarga eléctrica. No quería que ella notara cómo había reaccionado su cuerpo ante la proximidad del de ella, por lo que la soltó y dio un paso atrás.

–Lo siento.

–No es culpa suya. Este lugar es una locura –dijo ella–. ¿De verdad que este es un bar tranquilo?

César soltó una carcajada. Los dos tenían que gritar para poder hablar.

–Para Cuba, sí.

Kitty sonrió también.

–¿Por qué ha dicho que somos amigos? En realidad, no es así.

–Bueno, tampoco somos exactamente desconocidos.

Ella se sonrojó.

–Sobre eso… no debería haber ocurrido –dijo apartando brevemente la mirada.

–¿Por qué no? Los dos somos adultos. Y solteros.

–Lo sé, pero trabajo para usted.

–Trabaja para Dos Ríos.

Kitty reconoció sus propias palabras y sonrió.

–Solo quiero que tengamos una relación laboral profesional y sé que me dijo que eso no sería problema.

–Y no lo es –afirmó César. Necesitaba que ella confiara en él–. Ni lo será.

Sabía que otros hombres en su situación habrían tratado de aprovecharse. En los negocios era implacable, pero él jamás se comportaría de ese modo. Sabía lo que era estar sujetos a los caprichos de otro y era un sentimiento que jamás querría infligir a nadie.

Miró a su alrededor y vio que la imagen de ambos se reflejaba en un espejo. Al ver que la cautela desaparecía de la mirada de Kitty, decidió que debía ignorar la tensión que tenía en la entrepierna. Había llegado el momento de cambiar de tema.

Miró el vaso de zumo de naranja que ella estaba tomando.

–¿Sabe que beber eso es prácticamente un delito en Cuba?

–Quería terminar la velada con recuerdos y no con una buena resaca –dijo. Entonces, sacudió la cabeza–. Lo siento. No quería parecer tan remilgada y encorsetada. Es que… bueno, se me ocurrió que podría encontrar algo de inspiración para los rones, pero más bien creo que voy a terminar con dolor de garganta por pasarme toda la noche gritando.

Ella apartó la mirada y, siguiéndola, Cesar la cruzó con la suya a través del espejo. Durante un momento, se miraron así el uno al otro. Entonces, ella se volvió para hacerlo cara a cara.

–Supongo que no querrá ir a algún otro sitio menos ruidoso…

César sintió que se le aceleraban los latidos del corazón. No había razón alguna para aceptar. De hecho, tenía todas las razones del mundo para rechazar aquella propuesta, pero ya había comprobado que mantenerse alejado de ella simplemente acrecentaba su apetito. Sintió un nudo en el estómago y, al recordar que no había cenado, sintió una inspiración. Se aferraría a esa clase de apetito.

Asintió lentamente.

–En realidad, me gustaría. ¿Ha cenado?

Los ojos de Kitty eran tan oscuros que, en realidad, parecían púrpura. César supo la respuesta antes de que ella negara con la cabeza.

–Está bien. Yo tampoco. ¿Qué le parece si la invito a cenar?

–¿Le gusta la comida?

Kitty dejó el tenedor y sonrió.

–Es excelente. Me encantan estas patatas… ¿Cómo ha dicho que se llaman en español?

–Boniatos –dijo César suavemente.

Ella repitió la palabra cuidadosamente tratando de ignorar la extraña sensación que sentía en el vientre al notar que los ojos verdes de César estaban prendidos de su rostro.

–Están deliciosos. Todo está riquísimo.

–Espero no haberle arruinado la velada.

–No, en absoluto. Estaba empezando a preocuparme de que tendría que empezar a quejarme del volumen de la música, así que gracias por salvarme –comentó. Entonces, se interrumpió en seco. No era esa la imagen que quería dar–. Bueno, no es que necesitara que me salvara nadie. No soy ninguna damisela en peligro.

–Debería ser yo quien le diera las gracias. Me salvó de tener que cenar solo.

El corazón de Kitty le latía a toda velocidad en el pecho. Aún no se podía creer cómo se había desarrollado la velada. Había quedado con las otras chicas tal y como había acordado y, mientras paseaba con ellas, le había sorprendido mucho ver lo diferente que era la ciudad por la noche. El glamour de años pasados seguía presente, pero también había algo más primitivo, un bullicio de energía y excitación. Por todas partes, la gente charlaba, flirteaba y se besaba al ritmo de salsa. Todo parecía natural, fácil y sin complicaciones. Cuando entraron en el bar, se preguntó qué sentiría si permitía que su cuerpo siguiera sus deseos.

La boca se le secó con aquel pensamiento. Sus deseos se relacionaban directamente con César Zayas. Y justo en aquel momento, se dio la vuelta y se encontró con él. Sus ojos verdes reflejaban la luz como si fueran esmeraldas. La respuesta que aquella mirada provocó en ella había sido tan visceral en su intensidad que casi se le había olvidado de respirar. Él era el hombre cuyos cálidos labios y urgentes manos llevaban ocupando su pensamiento durante semanas.

El modo en el que ella se había comportado aquella tarde no había sido propio de su manera de ser y la posibilidad de volver a verlo era tan remota que Kitty se había convencido de que volver a encontrarse con él sería algo incómodo, pero nada que no se pudiera superar. Sin embargo, en el momento en el que lo vio en aquel bar, comprendió que no era ni de lejos la mujer fría y sofisticada que creía ser.

Habría resultado muy tentador ignorar simplemente lo ocurrido, pero ya sabía por experiencias pasadas que era mejor esperar lo peor. Seguramente, la idea que César Zayas tenía de una tabla rasa era borrar todo lo ocurrido aquella tarde e incluso a ella.

Por supuesto, al encontrarse con ella, se había mostrado completamente imperturbable y había sido aquella respuesta lo que la había animado a ella a realizar su sugerencia. Quería demostrarle a él y a sí misma que la línea que habían cruzado hacía siete semanas había sido la excepción.

Clandestina, el restaurante que él había elegido, no se parecía a ningún lugar en el que ella hubiera estado. No había cartel en el exterior, para empezar, solo un portero que les había hecho pasar en silencio al edificio de apartamentos de estilo Art decó. Sin embargo, cuando salieron a la azotea, Kitty se quedó sin respiración.

Le habían dicho que los restaurantes cubanos tendían a lo rústico, pero aquel no tenía nada de rusticidad. Rezumaba lujo por los cuatro costados. El suelo estaba pulido y las sillas tapizadas en terciopelo rosa y desde la mesa se disfrutaba de unas incomparables vistas de la ciudad y del mar bajo una marquesina de seda negra.

Kitty estuvo a punto de quedarse boquiabierta. Aquel lugar estaba a años luz del pub al que Jimmy y ella solían ir a almorzar en ocasiones. Era un regalo sensorial y suponía una carga tan sensual que bordeaba en la decadencia.

Se preguntó si esa sería la razón por la que él lo habría elegido o por si sería amigo de los dueños, dos hermanos llamados Héctor y Frank. Fuera como fuera, resultaba evidente que César estaba muy cómodo allí y que conocía a todos por su nombre.

—Bueno –dijo el rompiendo el silencio–, ¿dónde se ve profesionalmente dentro de cinco años? Supongo que en Inglaterra ya no le queda mucho, profesionalmente hablando.

Kitty parpadeó. Hasta entonces, le había sorprendido lo fluida y cómoda que le resultaba la conversación. Habían hablado principalmente de trabajo y ella había estado encantada hablando de los procesos de destilación y de la caña de azúcar. Sin embargo, no estaba preparada para considerar aquel aspecto de su profesión. Hablar del futuro supondría quizá hablar demasiado sobre su pasado...

—No lo he pensado.

—Pues debería.

—No me gusta planear las cosas de antemano. No siempre salen como...

César frunció el ceño. Su rostro volvió a adquirir la misma expresión que había tenido cuando salía de la casa de Kitty.

—Dos Ríos es un paso muy importante para usted.

Tiene que seguir progresando. En estos momentos su carrera es internacional. ¿O acaso hay algún motivo para regresar a Inglaterra?

Después de todas las preguntas habituales entre un jefe y su empleada, aquella intromisión tan repentina en un terreno más personal le resultó incómoda a Kitty.

César la miraba con curiosidad y, por un terrible momento, ella pensó que él la iba a presionar, pero, tras unos segundos, se encogió de hombros.

Había llegado el momento de cambiar de tema.

—¿Cómo es que conoce a Héctor y a Frank?

—Solíamos salir por las mismas playas cuando éramos unos adolescentes. Seguimos en contacto durante la universidad y durante las vacaciones, hasta que todos nos pusimos a trabajar.

No resultaba difícil imaginarse a los dos hermanos divirtiéndose en la playa, pero a César… Siempre tenía un aspecto elegante e impecable. Aquella noche, iba vestido con un traje negro y corbata.

—No parece muy convencida.

—Bueno, es que no puedo imaginármelo a usted en la playa. ¿Se sujeta la corbata con el bañador?

César sonrió. A Kitty se le detuvo momentáneamente el corazón. De repente, la mesa pareció muy pequeña.

—No siempre he ido vestido con traje y corbata. E incluso ahora no me los pongo cuando la ocasión lo requiere.

Kitty recordó su cuerpo desnudo e, inmediatamente, se lo imaginó emergiendo del mar, con el agua cayéndole por su perfecta piel dorada. Se mordió los labios e, inmediatamente, deseó que él no hubiera empezado a mirarle la boca.

–Sin embargo, tengo que admitir que cuesta sacar la arena del ordenador portátil.

Los ojos verdes relucieron un poco más y ella volvió a morderse los labios, pero, al final, no se pudo contener y sonrió.

–¿Acaso no tiene a nadie que se ocupe de eso? Es decir, usted es el jefe.

–No siempre lo soy. A veces, me tomo el día libre. O la noche.

Kitty notó que el corazón se le aceleraba un poco más. La tranquilidad que había sentido antes desapareció, disipándose como molinos de dientes de león en el viento. Había llegado el momento de alejar de nuevo la conversación de la tentación que suponían sus palabras.

–¿Y qué hacía usted en esas playas?

–Probablemente lo mismo que usted cuando tenía la misma edad.

Kitty parpadeó. A esa edad, ella había estado tratando de combinar las visitas al médico de Jimmy con sus clases en la universidad. No había tenido tiempo para ir a la playa.

–¿Qué exactamente?

–Pues bueno, ya sabe, nos reuníamos con los amigos, tomábamos algo de beber, hacíamos barbacoas, poníamos música… –comentó. Levantó una ceja–. ¿Qué pasa?

–Nada.

César se rebulló en su asiento de tal manera que rozó la rodilla de Kitty con la suya por debajo de la mesa. Ella tuvo que contenerse para no devolverle el gesto y no tratar de volver a sentir el contacto de su cuerpo.

–¿Por qué sonríe así?

El ánimo de César había cambiado. Parecía más contento y relajado. Ofrecía una imagen de un hombre más joven y menos reservado. Kitty se preguntó qué era lo que le había hecho cambiar a lo largo de los años.

—¿Sabe bailar? —le preguntó ella.

—Soy cubano. Prácticamente inventamos el baile. Claro que sé bailar.

La sonrisa que esbozó parecía atraerla desde el otro lado de la mesa. Resultaba cálida, cómplice, divertida. Kitty podía escuchar su propia respiración y los latidos de su corazón. Se sentía como si estuviera en el ala de un avión, llena de libertad y de anticipación.

—Demuéstrelo —le desafió.

Capítulo 5

LEGARON al club nocturno justo antes de la una. Situado en la décima planta del hotel Bello, el exclusivo Club el Moré era, evidentemente, el lugar en el que se citaba la élite de La Habana.

–Aquí no encontraremos turistas –le dijo César mientras el camarero los acompañaba a una de las mesas.

–¿Acaso no lo soy yo? –replicó ella con una sonrisa.

–No. Vive aquí. Eso la convierte en una habanera honoraria.

El pulso se le aceleró ligeramente a Kitty mientras tomaba asiento. Se sentía inexplicablemente feliz por la elección de palabras.

–¿Es esa la razón por la que viene aquí? ¿Porque no hay turistas?

–Sí –dijo él con una sonrisa.

–¿De verdad?

César sonrió y negó con la cabeza.

–En realidad, no. Es decir, en La Habana vieja parece en ocasiones que estás en un parque temático, con los coches y los cigarros, pero la verdadera razón por la que vengo aquí es porque tienen la mejor música en directo y los mejores cócteles de la ciudad.

Como si les hubiera estado escuchando, un camarero se les acercó y les dejó lo que habían pedido sobre la mesa. César tocó brevemente el vaso de zumo de naranja de Kitty y luego dio un sorbo a su daiquiri.

—Normalmente, no bebo esto —dijo.

—¿Demasiado turístico?

—Un poco.

—¿Qué es lo que suele beber?

—Prefiero una buena copa de Dos Ríos de ocho años, con un par de gotas de agua para abrirlo y un poco de hielo para aminorar el dulzor, pero me parece que esta noche lo correcto es un daiquiri. Después de todo, parece que uno de sus compatriotas fue responsable de su creación —comentó él mientras hacía girar el líquido en la copa.

Ella sacudió la cabeza. Algunas personas afirmaban que, con la intención de evitar el escorbuto, sir Francis Drake añadió limas a la ración de ron que tenía la tripulación, pero también había muchas otras que argumentaban que el legendario cóctel había recibido su nombre por una playa cerca de Santiago que se llamaba Daiquirí.

—Sea como sea, salud porque la belleza sobra —dijo César, realizando el tradicional brindis cubano. Entonces, dejó la copa sobre la mesa y se la ofreció a ella—. Tenga, pruébelo.

Kitty tomó la copa y le dio un sorbito. Sintió que sus papilas gustativas explotaban. Era divino.

«Podría acostumbrarme a esto», pensó. Por su profesión, distinguió los sabores clásicos del zumo de lima, el jarabe de azúcar y, por supuesto, el del ron. Además, tuvo que reconocer que no se refería solo a la bebida.

Con el corazón acelerado, miró a su alrededor. Tanto el ambiente y la decoración eran completamente diferentes del bullicio del caluroso y concurrido bar Mango.

Allí, todo parecía relucir y brillar, en particular los hombres y las mujeres que se abrazaban en los asientos de terciopelo. Las mujeres eran muy hermosas y esbeltas, de largas piernas y hombros al descubierto. El brillo de sus labios y la blancura de sus dientes destacaban casi más que sus joyas. A su lado, los hombres, envueltos en el humo de sus habanos, tenían un aspecto misterioso y atractivo con sus impecables trajes.

Miró hacia la pista de baile. Estaba muy concurrida y se preguntó cuándo iba a responder César a su desafío. Gracias a algunas clases que había tomado en su pueblo, Kitty sabía bailar salsa, pero no le parecía que bailar con Lizzie tuviera mucho que ver con hacerlo con César.

De repente, sintió la boca seca. Como pudo, volvió a centrar los pensamientos en la bebida que acababa de saborear.

—Está delicioso —comentó.

—Debería estarlo. Lo hacen según una receta única.

Kitty notó el desafío en su mirada y volvió a probarlo para tratar de descubrir los sabores.

—Hay pomelo.

César asintió y ella notó una agradable y cálida sensación en el estómago al recibir su aprobación. Animada, dio otro sorbo.

—Le da un sabor delicioso, pero es el ron lo que hace que sea mágico. Como debería ser, señor Zayas, dado que es uno de los suyos. Creo que el de cuatro años…

César sonrió, una sonrisa que aceleró aún más el pulso de Kitty.

–Bravo, señorita Quested –replicó él–. Para ser alguien con tan poca experiencia, tiene un paladar impresionante.

César solo le estaba dando un cumplido por su capacidad para distinguir sabores, pero Kitty no pudo evitar sentirse muy halagada. Sabía que era una tontería hacerlo. Sin embargo, allí, en aquella magnífica sala, bajo la impresionante mirada de César, resultaba imposible no sentirse afectada y no gozar de la atención de un hombre.

Había pasado mucho tiempo. De hecho, cinco años. Y lo echaba de menos. Echaba de menos a Jimmy. Él siempre había conseguido que ella se sintiera muy especial y, en aquellos momentos, estaba totalmente sola. Bueno, no del todo. Tenía a Lizzie, a Bill y a sus padres, pero hacía mucho tiempo que había estado con un hombre y aquel en particular le hacía sentirse como si estuviera en una montaña rusa.

Sin embargo, los cumplidos no podían cambiar el hecho de que él seguía siendo su jefe. Y, aunque no lo fuera, Kitty no quería repetir lo que había ocurrido entre ellos.

Sintió que se sonrojaba.

Era mentira. Lo deseaba profundamente, pero un único encuentro sexual con un desconocido para recordarse que seguía siendo una mujer era una cosa, pero volver a dejarse llevar por el deseo sería una actitud arriesgada, complicada y alocada.

El hecho de que él fuera el presidente de Dos Ríos ni siquiera era la principal razón por la que lo que había ocurrido entre ellos no podía volver a pasar. Era por ella. Kitty no quería ni intimidad ni compromiso y tampoco se sentía capaz de compartir esas cosas con otra persona. Desde Jimmy, no podía. Nada iba a cambiar eso, a pesar de que la gente dijera que el tiempo lo curaba todo.

Por lo tanto, mantener las formalidades no solo era completamente innecesario, sino también contraproducente, porque implicaba que, sin ellas, Kitty corría el riesgo de perder el control cuando, en realidad, sin el revuelo de sensaciones que les había hecho sentir el accidente, no había peligro de que volviera a producirse lo que ocurrió en su casa.

Había sido una excepción. Nada más.

Se aclaró la garganta.

—Gracias, pero, ¿me podrías llamar Kitty? El hecho de que me llames señorita Quested me hace sentir como si estuviera en una entrevista de trabajo.

El corazón se le sobresaltó en el pecho cuando él la miró. De repente, la piel se le puso de gallina y los pezones erectos.

—Si eso es lo que prefieres.

Ella asintió. Entonces, César sonrió.

—En ese caso, ¿te gustaría bailar conmigo, Kitty?

Mientras se dirigían a la pista de baile, ella sintió que el alma se le caía a los pies cuando los dedos de César rozaron los suyos. Era el hombre más guapo que había visto nunca. Todo en él era perfecto, desde las largas pestañas oscuras que conseguían incluso acariciar sus mejillas a los impresionantes ojos verdes.

Por supuesto, era un excelente bailarín. Ligero. Fluido. No se limitaba a seguir la música, sino que parecía formar parte de ella. Como todas las grandes parejas de baile, parecía moverse por instinto con respecto a los otros bailarines y encontraba su espacio entre las parejas sin dejar por ello de estar pendiente de Kitty.

Y ella, por su parte, tan solo podía pensar en él. En cómo la miraba, en la ligera presión de la mano sobre la cintura. Hacía tanto tiempo que Kitty se había sentido así de libre, de ligera, de joven…

La orquesta cambió de ritmo y la música se hizo más lenta. César la tomó entre sus brazos y le colocó la mano sobre la espalda. El calor de su piel parecía atravesarle la tela del vestido. Sus cuerpos estaban muy juntos, demasiado. Kitty era consciente de la solidez del cuerpo de César y de lo bien que olía. Era un aroma muy masculino, que le hacía anhelar apoyarse sobre él.

No podía hacerlo. Si cedía, sabía dónde terminaría. Sin embargo, en aquellos momentos, aquel conocimiento no parecía estar teniendo peso alguno. Todo estaba confuso dentro de ella. El deseo, el miedo, la impaciencia, la culpabilidad y la necesidad de mantener las distancias que chocaba con el deseo de volver a besarlo.

–Te estoy perdiendo.

–¿Cómo dices?

–Estás muy tensa. Déjate llevar…

Kitty levantó el rostro y vio que él la estaba mirando directamente a los ojos. Experimentó una sensación extraña en el vientre, como si el ron y la cercanía de él amenazaran con acabar con su resolución. Mirarle le dolía, pero no tanto como lo mucho que lo deseaba.

–Déjate llevar.

Kitty acercó las caderas a las de él y los cuerpos de ambos parecieron unirse en uno. Era como si ella estuviera flotando. A su alrededor, todo parecía haber aminorado el ritmo para acompasarse con la música. Era ya más de medianoche. Llevaba con él a solas muchas horas. Sin embargo, si alguien se lo hubiera preguntado, Kitty habría respondido que habían sido solo unos minutos.

El corazón se le sobresaltó. ¿Por qué se sentía como si conociera a César desde hacía mucho tiempo?

Él bajó la cabeza. Su rostro estaba tan cerca que Kitty podía sentir su cálido aliento contra la mejilla. Entonces, las miradas de ambos se cruzaron.

Podía luchar, pero no quería hacerlo. Casi sin pensar, levantó la mano y le acarició suavemente la mejilla, sintiendo un deseo que era ya casi palpable. Entonces, se puso de puntillas, cerró los ojos y le dio un beso. No fue delicado, sino fiero, con una pasión que nunca había sentido por ningún hombre que no fuera él.

En cuanto las bocas se tocaron, él la estrechó contra su cuerpo y la animó a separar los labios con los suyos. Kitty gimió suavemente. Los senos ansiaban ser acariciados al notar el contorno del duro y musculoso cuerpo de César. Pero quería más. Quería sentir sus manos deslizándosele por la piel y el frenético placer que sabía que los dos crearían.

Lo había echado tanto de menos.

El placer jugaba con su piel. La sangre le recorría el cuerpo como si se dirigiera a una meta imaginaria. Entonces, de repente, algo cambió dentro de ella. Aquella intimidad era demasiado. El pulso le latía demasiado fuerte y demasiado deprisa. El corazón le latía con fuerza en el pecho, tanta que la empujó a separarse de él. Entonces, abrió los ojos.

Las luces eran demasiado brillantes. Quería cerrar los ojos.

—Perdona…

Se sentía mareada, inestable. No quería mirar a los

ojos de César, pero la sala daba vueltas a su alrededor. Las piernas se le movían solas como si fuera un juguete.

–Kitty…

Por fin, llegaron a la mesa. Ella se negaba a mirarlo. César estaba de pie a su lado, con la mano en el respaldo de la silla, mientras Kitty hacía todo lo posible por levantar de nuevo las barretas que tan despreocupadamente había hecho bajar por un único beso.

–Lo siento –dijo–. No debería haber hecho eso.

César frunció el ceño.

–Eso de no debería implica normalmente un cierto nivel de obligación o deber para con algo. O alguien.

Hablaba en voz baja, pero se sentía una tensión que no había estado antes, una que rivalizaba con el gesto duro de su mandíbula.

–Pensaba que eras libre.

–Y lo soy –replicó ella–. No era eso a lo que me refería.

Ella apretó las manos. Estaba liándose con lo que estaba tratando de decir, pero no tenía mucha experiencia en aquella clase de conversaciones.

César dio un paso al frente.

–Estás muy pálida. Siéntate.

–No. Hace mucho calor aquí. Creo que necesito un poco de aire fresco.

Sin embargo, era mucho más que eso. Estaba allí, en un rincón de su pensamiento… como la respuesta de un crucigrama o un nombre olvidado.

César la sacó del club para llevarla al vestíbulo del hotel. El aire fresco la animó un poco, pero aún se sentía como si no tuviera unidas las piernas al cuerpo. Por suerte, el tocador de señoras estaba completamente vacío.

Era una sala muy elegante, con espejos dorados y una lámpara de cristal colgando del techo, pero Kitty no se sentía tan bien como para poder admirar la exagerada decoración.

Abrió el grifo y colocó las muñecas bajo el agua fría. Entonces, se miró en el espejo. César tenía razón. Estaba muy pálida y tenía una expresión febril en los ojos.

Sin embargo, no se sentía enferma. Sencillamente, no era ella.

«Solo estás cansada. Has estado trabajando demasiado y te ha impactado mucho encontrarte con él esta noche».

A pesar de lo mal que se sentía, se sonrojó. Había vuelto a besarlo. Otra vez. ¿Qué era lo que le ocurría?

Había esperado que Cuba la ayudara a cambiar de vida, pero cuando estaba con César no se reconocía. Desaparecía la mujer sensible y algo provinciana para verse reemplazada por una mujer salvaje y apasionada que actuaba sin pensar.

Sin embargo, todo tenía que terminar allí. No importaba que él fuera tan guapo o que sus caricias la volvieran loca. De hecho, precisamente por eso no podía ceder a su deseo. No quería que aquel hombre que amenazaba con llevar la pasión a su mundo y que no se comprometía con nadie, le hiciera experimentar sentimientos peligrosos. Porque, efectivamente, los sentimientos eran caprichosos como la vida misma y se transformaban, de manera que el amor podía convertirse en pérdida y la pasión en dolor en un abrir y cerrar de ojos.

Ella era una mujer adulta. Podía sentir atracción hacia él, pero no hacer nada al respecto.

Respiró profundamente, abrió el bolso y sacó los

polvos compactos. Se dio un poco de color en las mejillas. Mucho mejor. Solo necesitaba un poco de lápiz de labios.

Como no lo encontraba, vertió el contenido del bolso sobre la mesa. Allí estaba. Se retocó también los labios y, cuando empezó a recoger todo lo que había sacado para meterlo de nuevo en el bolso, sintió que la mano se le quedaba inmóvil. Miró la caja de tampones y sintió que el estómago le daba un vuelco. El pánico se apoderó de ella de tal manera que tuvo que agarrarse a la mesa para no caer al suelo.

No podía ser.

Probablemente había confundido las fechas.

Con esfuerzo, comenzó a calcular mentalmente. No había duda. Tenía un retraso de, al menos, cinco semanas.

César miró el reloj y frunció el ceño. No tenía por costumbre esperar a las mujeres frente al aseo y Kitty parecía estar tardando más de lo debido, pero se sentía responsable de ella.

Aquel pensamiento chirriaba. No había anticipado sentir nada por ella que no fuera deseo, pero sabía que no tenía elección. En aquellos momentos, ella era su responsabilidad.

Se preguntó de nuevo por qué estaría tardando tanto tiempo. Recordó las ruborizadas mejillas e hizo un gesto de dolor. Evidentemente, se sentía avergonzada. ¿Acaso había sido él demasiado vehemente cuando ella se apartó? Sintió un nudo en el pecho. Tal vez…

Sin embargo, era humano y ella lo había besado. Todo había desaparecido a su alrededor. Las luces, la música, la tensión de su cuerpo... todo se había convertido en polvo y había desaparecido en la oscuridad. Todo menos Kitty.

Pensó en cómo el cuerpo de ella parecía haberse fundido con el de él. La pasión y el deseo de sus besos, la suavidad de su boca. Se le había hecho un nudo en la garganta. Ella le volvía loco y despertaba el deseo en su cuerpo. Había querido más, pero, de repente, Kitty se había retirado. Por lo que sí, había sido algo seco con ella.

Apretó los dientes. No debería haberla invitado a cenar. De hecho, tampoco debería haber regresado a Cuba. Si hubiera seguido con sus planes, en aquel momento estaría en las Bahamas, sereno y feliz.

Entonces, la vio y el corazón empezó a latirle con fuerza. Seguía con las mejillas algo ruborizadas, pero no parecía avergonzada. Aturdida más bien.

–¿Va todo bien?

–Sí. Gracias –respondió sin mirarlo a los ojos–. Carezco de práctica en lo que se refiere a salir de juerga.

–Por supuesto –dijo él. En otras palabras, Kitty acababa de decirle que quería irse a su casa. Sacó el teléfono móvil–. Llamaré a mi chófer.

Tardaron menos de veinte minutos en llegar a la finca. Normalmente, a César le gustaban las carreteras despejadas, pero aquella noche se sentía un poco entre la espada y la pared. Una parte de él quería retrasar el momento.

Miró hacia donde ella estaba sentada y tensó los músculos. La casa ya estaba muy cerca. De hecho, el chófer había empezado a aminorar la marcha

–Puede dejarme con la señorita Quested, Rodolfo –le dijo–. Necesito estirar un poco las piernas. Iré andando a mi casa.

Kitty lo miró con cautela.

Cuando el coche se detuvo, los dos bajaron. No era una noche muy oscura, porque la luna iluminaba perfectamente la casa, pero a César lo habían educado para que acompañara a las mujeres a la puerta principal de su casa.

—Te acompaño.

—Gracias.

Al entrar en la casa, Kitty encendió una lámpara. César esperó a que ella le diera las buenas noches o a que le sonriera cortésmente para darle las gracias por la velada. Sin embargo, Kitty guardó silencio. César la miraba fijamente, tratando de interpretar su actitud. Cerró la puerta.

—Mira, siento lo que te dije en el club…

Se dirigió con ella hacia el salón. Inmediatamente, deseó no haberlo hecho porque lo primero que vio fue el sofá. Su cuerpo se tensó dolorosamente al recordar los cuerpos entrelazados y medio desnudos de ambos, jadeando.

Con esfuerzo, logró apartar la imagen de su pensamiento y volvió a mirarla a ella.

—Me excedí.

—En realidad, fui yo la que te besé, por lo que, si hubo alguien que se excedió, esa fui yo.

—No importa —dijo él—. Cruzamos esa línea hace siete semanas. En ese sofá.

—Eso no hace que esté bien lo que ha ocurrido.

Al ver que el rostro se le tensaba, César sintió una gran frustración. No quería saber más, pero tampoco quería marcharse.

—¿Ha ocurrido algo?

Ella levantó rápidamente los hombros.

—No lo sé. Podría ser. O no. No estoy segura…

César sintió que el corazón comenzaba a latirle a toda velocidad. Las palabras de Kitty no tenían sentido, pero la actitud de ella hacía que la tensión resultara, de repente, insoportable. Celia le había enseñado que lo que no se decía era siempre peor que algo que pudiera decirse en voz alta.

Observó su pálido rostro y, de repente, le pareció comprender por qué ella no podía hablar.

—Estoy seguro de que todo irá bien —le dijo fríamente—. Sin embargo, si estás tan preocupada, ¿por qué no llamas a tu novio?

Al pronunciar aquella palabra, sintió el doloroso aguijonazo de la ira. Sin embargo, era mejor descubrir la verdad en aquel momento que más tarde.

—No tengo novio. Te lo dije…

—Sé lo que me dijiste, pero no por eso tiene que ser verdad.

—No te estoy mintiendo —le espetó ella—. Estoy tratando de decirte la verdad.

—Es un poco tarde para eso.

César sabía que su ira era desproporcionada. Solo habían tenido relaciones sexuales una vez, pero resultaba desconcertante descubrir que aún sentía dentro de sí aquella debilidad, la incapacidad de juzgar a la gente.

—En realidad no. Acabo de darme cuenta esta noche.

—¿De qué?

Ella dudó, lo que acrecentó más la ira de César.

—No pienso empezar a jugar a las adivinanzas contigo, Kitty.

—Yo no… —susurró ella. Entonces, se detuvo un instante—. Creo que podría estar embarazada.

Fuera lo que fuera lo que César había esperado que

ella le dijera, jamás había sido eso. La miró en silencio, sin saber que decir. Tenía el cuerpo rígido por el shock.

—¿Cómo lo…?

—¿Que cómo lo sé? —le preguntó ella mordiéndose los labios—. No lo sé seguro… pero tengo un retraso de cinco semanas.

César realizó el cálculo mentalmente. Todo encajaba, pero…

—¿No dijiste que no podías tener hijos?

El tono acusador y las dudas que implicaban sus palabras parecieron magnificarse en la pequeña sala. César vio cómo ella se encerraba más sobre sí misma.

—Creí que no era posible… Lo siento… no debería habértelo dicho…

César sintió que se le hacía un nudo en el estómago. Kitty parecía agotada y muy joven, demasiado como para tener que enfrentarse a aquello en un país extranjero. A pesar de que la había acusado de mentir, César no podía condenarla por su sinceridad.

—No. Me alegro de que me lo hayas dicho.

A pesar del shock, él se sorprendió al darse cuenta de que en realidad era así. La verdad era siempre preferible a las mentiras. Sin embargo, aquella era una verdad demasiado grande. Por costumbre, como presidente de una empresa tan importante, había aprendido a ocultar sus sentimientos bajo una máscara.

—Mira, es demasiado tarde. Esta noche no podemos hacer nada más y pareces agotada. Tienes que irte a la cama.

—No creo que pueda dormir.

—En ese caso, túmbate un rato.

Suavemente, la acompañó al sofá. Observó cómo se sentaba. Ella parecía no ser consciente de la presencia de él y César comprendió que estaba tan agotada como parecía.

—Vamos —dijo tomando un cojín—. Apoya aquí la cabeza y cierra los ojos.

Kitty se quitó los zapatos y se tumbó, acurrucándose de costado.

—Ya hablaremos de esto por la mañ…

Dejó de hablar al darse cuenta de que ella ya estaba dormida. Se quitó la americana y la tapó cuidadosamente. Entonces, se sentó en uno de los sillones y trató de ponerse cómodo. Pensó en cómo había empezado su velada. Ver a Kitty por la ventana del coche, seguirla al bar, bailar con ella… el beso…

Había esperado que fueran los juegos preliminares de una noche tan apasionada como la primera. Lo que no había esperado nunca era descubrir que podría ser padre.

Sintió un nudo en el pecho. Una noche de sexo increíble mezclada con una completa pérdida de control había sido un cóctel que podía rivalizar con cualquier daiquiri, solo que parecía que aquella noche explosiva en el sofá podría tener consecuencias que cambiarían su vida para siempre.

Se sentía agotado también. Un montón de preguntas sin respuesta no dejaban de darle vueltas en la cabeza. Sin embargo, las respuestas tendrían que esperar hasta la mañana siguiente.

Echó la cabeza hacia atrás y miró por última vez a la mujer que iba a tener que darle esas respuestas. Entonces, cerró los ojos.

Capítulo 6

En algún lugar, alguien estaba cantando sobre su roto corazón...

Kitty se incorporó un poco. Aún tenía los ojos cerrados y estaba medio dormida, pero había empezado a canturrear aquellas palabras. Era una canción que se escuchaba por todas partes en La Habana. Sin embargo, ¿por qué sonaba en el interior de su casa?

Lentamente, abrió los ojos y se sentó.

No se veía a César por ninguna parte, pero, al mirarse, se dio cuenta de que no había estado durmiendo cubierta por una manta, sino por la americana de él y el sillón había sido cambiado de lugar. En el cojín, se adivinaba aún la huella de una cabeza.

Debía de haberse quedado allí a pasar la noche, pero no creía que los hombres como César Zayas durmieran en sillones en los salones de la gente. Entonces, olió el café.

Se puso de pie y se dirigió a la cocina. Vio su cafetera y no tuvo que tocarla para saber que estaba caliente. El vapor se escapaba por la espita. Y allí, en la puerta trasera, estaba César con una taza en la mano.

Kitty estuvo a punto de darse la vuelta y salir corriendo. La noche anterior había sido lo suficientemente valiente o lo suficientemente estúpida como para compartir con él sus temores, pero aquella mañana no tenía moral para enfrentarse a él. En particular, porque ella debía de haber puesto su mundo patas arriba ante lo que, con toda seguridad, debía de ser un error.

La noche anterior, por un cúmulo de circunstancias como encontrarse con él o volver a besarlo, había sido una montaña rusa emocional. Kitty no había estado pensando y en el tocador sintió pánico, sumó dos y dos y le salió como resultado un embarazo. Sin embargo, estaba segura de que debía de haber otra razón menos dramática que explicara sus síntomas, una razón que podría identificar mejor en privado.

Antes de que tuviera oportunidad de marcharse, él se dio la vuelta. Durante un momento, la observó en silencio con aquellos maravillosos ojos verdes. Kitty necesitó toda su fuerza de voluntad para no apartar la mirada.

Aunque su rostro aún mostraba las señales de una noche de insomnio, su belleza era arrebatadora. El corazón de Kitty latía con tanta fuerza que creía poder sentir cómo le vibraban las costillas. Sabía que tenía que decir algo, pero le resultaba imposible reaccionar.

–¿Cómo te sientes? –le preguntó él.

La miró de arriba abajo y luego, lentamente, volvió a centrarse en el rostro. Kitty recordó que aún llevaba puestas las ropas de la noche anterior, igual que él. Sin embargo, César se había quitado la corbata. Lo arrugada que tenía la camisa y la barba que le ensombrecía la mandíbula le indicaron sin lugar a dudas lo que ella ya sabía.

–Me encuentro bien. ¿Te has quedado a pasar la noche? ¿Dormiste en el sillón?

–Sí. He dormido bien. Espero que no te importe –dijo él mientras indicaba la taza–. Me he hecho un café.

–No, por supuesto que no.

–¿Te gustaría tomar una taza?

–No, gracias. En este momento no me gusta el sabor.

Una suave brisa sopló entre ellos, alborotándole a Kitty el cabello. Ella se lo recogió detrás de una oreja, agradecida de tener algo que hacer para escapar de la mirada de César.

–Tenemos que hablar –anunció él por fin–. ¿Vamos dentro?

Kitty asintió. Él entró en la cocina.

–Lo primero es lo primero. Tienes que hacerte la prueba.

Ella lo miró sin saber qué decir. Todo iba tan rápido… Su cerebro iba del pasado al presente. De Inglaterra y Jimmy al presente. Demasiado rápido. En realidad, Kitty no se encontraba preparada aún para saber la verdad, pero no podía esperar que él se sentara a esperar después de lo que ella le había dicho la noche anterior.

–Sí –afirmó ella– ¿Tengo que ir al médico o puedo conseguir una prueba en la farmacia?

–De eso no te tienes que preocupar –contestó él. César se acercó a la encimera y tomó un sobre marrón que había encima–. Hice que uno de mis empleados fuera a por una prueba para ti. No te preocupes porque es muy discreto. Comprende que es un asunto personal.

Kitty asintió sin saber si le había sorprendido más la velocidad y la eficacia de su comportamiento o el hecho de que un hombre así pudiera ser el padre de su futuro hijo.

La mano le temblaba ligeramente cuando tomó el sobre. A pesar de su apariencia algo desaliñada, o tal vez por ello, César estaba muy sexy. Hasta las arrugadas ropas parecían acentuar su primitiva masculinidad.

Durante un momento, Kitty pensó que él iba a decir algo o que tal vez ella debería hacerlo. Parecía que alguien debía romper el silencio, pero ¿qué se podía decir en una situación así?

—Utilizaré el cuarto de baño —comentó ella.

Cerró la puerta del cuarto de baño y respiró profundamente. Las manos le temblaban tanto que abrió la caja con mucha torpeza. Las instrucciones estaban en inglés, aunque no las necesitaba. Se había hecho una docena de pruebas cuando trató de quedarse embarazada con Jimmy, pero, a pesar de todo, las leyó cuidadosamente. Ya había cometido bastantes errores.

Realizó la prueba inmediatamente.

Miró el pequeño artilugio. Parecía muy poco razonable que un objeto desechable tan pequeño pudiera ser el portador de tantas expectativas. Esperanza. Desesperación. Emoción. Desilusión. Todo ello en aquel pequeño tubo de plástico.

El corazón le latía erráticamente. Deseó de todo corazón poder llamar a Lizzie, pero sabía que aquello no era algo que debiera compartir con nadie más que con el hombre que la esperaba pacientemente en la cocina.

César estaba donde le había dejado.

—Ahora tenemos que esperar tres minutos —dijo tras depositar la prueba sobre la encimera.

El rostro de él permaneció impasible, pero él no la amaba y el supuesto bebé que esperaban no había sido planeado. Sin embargo, ella no pudo evitar preguntarse qué aspecto tendría si la relación entre ambos hubiera sido diferente. ¿Le habría dado la mano? ¿Habría consultado discretamente el reloj mientras esperaban? Kitty sintió un nudo en la garganta.

—¿Por qué empezaste en el mundo de la destilación?

Ella lo miró asombrada. ¿Por qué le preguntaba algo así en aquellos momentos?

—Tengo un grado en Química.

–Las dos cosas no están conectadas necesariamente.

Kitty lo observó en silencio. Había pensado hacer un máster sobre polímeros después de terminar el grado, pero entonces, a Jimmy le diagnosticaron cáncer y había sido muy difícil terminar los estudios.

Naturalmente, todos habían querido ayudar y ella se había sentido encantada de dar un paso atrás, de dejar que otras personas como los médicos, las enfermeras, sus amigos y su familia, tomaran decisiones y se hicieran cargo de la situación. La habían ayudado a cuidar de Jimmy y luego a llorar con ella por él.

Sin embargo, después de un tiempo, ella se había dado cuenta de que había dado demasiados pasos atrás. Después de la muerte de Jimmy, se sintió derrotada y cansada de la vida. Nada podía persuadirla para que abandonara la casa. Fue entonces cuando Bill le pidió que lo ayudara en la destilería.

Las condiciones no eran las mejores, pero no le había importado. Había disfrutado jugando con las especias, utilizando el conocimiento que había adquirido estudiando el grado, mezclando y combinando para encontrar el sabor perfecto.

Trabajar en el ron no solo había conseguido despertar sus papilas gustativas, sino que la había despertado de una especie de hibernación. Le había recordado que seguía viva y que, aunque estuviera sola, necesitaba vivir su vida. Y, en aquel momento, podría haber una vida creciendo dentro de ella.

–Mi cuñado me pidió que lo ayudara. Fue idea de Bill crear Blackstrap, pero le costaba encontrar el sabor perfecto. Se le da muy bien el lado técnico, pero no se le da bien mezclar.

–Por suerte para él, a ti sí. Creo que ya deben de haber pasado los tres minutos.

Kitty sintió una fuerte presión en el pecho y comprendió que él tan solo había estado distrayéndola. De repente, no pudo respirar.

–Tranquila –le dijo él. Le tomó la mano y se la apretó con fuerza–. ¿Quieres que mire yo primero?

–No.

Kitty sintió un nudo en la garganta. Se tuvo que agarrar a la encimera. Durante un segundo, se imaginó el rostro de Jimmy, su sonrisa y sus lágrimas.

Embarazada 3+

Miró a César.

–Es positivo –dijo. La expresión del rostro de él no cambió en absoluto–. Estoy embarazada.

Sabía que las pruebas de embarazo son muy fiables, pero, de algún modo, decirlo en voz alta hacía que resultara más real. Allí estaba en su mano. Iba a tener un bebé, pero la persona que debía ser el padre ya no estaba a su lado.

–Estoy embarazada –repitió. El corazón se le había tranquilizado. Se sintió como si estuviera soñando.

César le agarró con fuerza la mano. Ella lo miró a los ojos mientras las piernas le temblaban y la cabeza le daba vueltas.

–Tienes que sentarte –le recomendó él mientras le agarraba del brazo.

La condujo al salón para que ella se sentara en el sofá.

–No comprendo cómo ha podido ocurrir esto.

Jimmy se había hecho una prueba de fertilidad y todo estaba normal. Kitty había estado a punto de hacérsela cuando él cayó enfermo. Después, había pruebas más urgentes que hacer. Cada vez que descubría que no estaba embarazada, se echaba la culpa a sí misma. Sus periodos siempre habían sido muy irregulares. Después de aquella prueba positiva, parecía que no había sido culpa de ella.

César se sentó a su lado.

–Bueno, pues creo que debió de pasar del modo habitual.

–No me has preguntado nada sobre si este bebé podría ser de otro hombre –comentó ella, asombrada de que pudiera estar tan tranquilo, tan razonable.

César se echó un poco hacia atrás y estudió el rostro de Kitty. Guardó silencio durante un instante. Luego, se encogió de hombros.

–Lo que ocurrió entre nosotros no es algo que vaya a olvidar fácilmente. Me gustaría creer que tú sientes lo mismo. Sin embargo, si crees que podría haber alguna duda sobre mi paternidad, este es buen momento para decirlo.

–No. No ha habido nadie más que tú –afirmó–. Y sí, yo siento lo mismo.

Mientras hablaba, parte de la tensión que había estado sintiendo desapareció. No habían planeado que ocurriera aquello, que juntos pudieran traer una nueva vida al mundo. Tal vez no se amaran el uno al otro, pero los momentos de pasión habían sido muy importantes para ambos y ella se alegraba de que su hijo hubiera sido concebido por una pasión mutua extraordinaria.

–No lo lamento –añadió ella–. Ni lo que hicimos ni lo que ha ocurrido.

Sintió que el corazón se le henchía de gozo. Había esperado y deseado tanto que llegara aquel bebé que, de repente, nada importaba.

–Bueno, es un poco tarde para arrepentirse –dijo él–. Este bebé no va a ir a ninguna parte. Lo que importa ahora es lo que ocurra a continuación.

¿A qué se refería? Kitty pensó en las opciones.

Podría regresar a Inglaterra, que era lo que desesperadamente deseaba hacer una parte de ella. Sin embargo, aunque César accediera a apoyarla económicamente, iba a necesitar un trabajo...

—Supongo que lo primero que tengo que hacer es
pedir cita con un médico —observó.

—Sí. Con eso te puedo ayudar yo. Y quiero ayudarte
—añadió. Aún le estaba sujetando la mano. La piel era
más áspera de lo que recordaba, pero su voz era suave,
amable, tanto que se le hacía un nudo en la garganta.

—Gracias.

Se imaginó que muchos hombres, en especial los
ricos y poderosos, se contrariarían bastante al encontrarse con un embarazo inesperado de una mujer a la
que apenas conocían. Sin embargo, César parecía
muy tranquilo. Por supuesto, era imposible que se
hubiera hecho cargo de un pequeño negocio familiar
y lo hubiera convertido en un negocio internacional
antes de los treinta años a menos que se tuviera nervios de acero. No obstante, descubrir que iba a tener
un bebé era un hito crucial para cualquiera...

—Estás siendo muy amable. Y muy justo.

—Lo que ha ocurrido no ha dependido solo de ti,
Kitty. Los dos nos dejamos llevar.

Durante un segundo, los dos se miraron muy fijamente. Ella sintió que el corazón se le henchía en el
pecho. Él era tan masculino y real, que todo su cuerpo
ansiaba estar con él. ¿Era normal sentir una atracción
física tan fuerte por un desconocido cuando su corazón aún añoraba a su esposo?

—Es cierto.

—Ahora, los dos tenemos que encontrar una solución a este asunto y los dos podremos hacerlo juntos.

—Si eso es lo que quieres...

Kitty lo miró fijamente y vio la determinación en sus ojos verdes. Sabía que Lizzie y Bill y sus padres harían todo lo posible por ayudarla, pero sabía también que César conseguiría que todo saliera adelante. confiaba en él y sería maravilloso tener su apoyo, no solo para ella sino también para su hijo.

—Me gustaría.

—Bien. En ese caso, llamaré en primer lugar al médico y luego tengo un par de contactos que nos podrán ayudar a tirar de algunos hilos para acelerar el papeleo.

¿Papeleo? Kitty supuso que se refería al acuerdo financiero o sobre los derechos del régimen de visitas, pero…

—¿No te parece un poco prematuro? Es decir, aún faltan siete u ocho meses para que nazca el bebé.

—Lo sé, por eso debes de dejar de preocuparte por todo ahora mismo. Solo tienes que concentrarte en ti misma y en el bebé y dejar que yo me ocupe de los preparativos de la boda.

¿Boda? ¿Qué boda?

—No comprendo… —susurró ella muy confusa.

—¿Y qué hay que comprender? Dijiste que querías que esto funcionara.

Kitty sintió que el pulso se le aceleraba. Casi no conocía a César.

—Así es, pero no…

—Pero ¿qué?

La suavidad de su voz había desaparecido. En aquel momento, su voz había sonado como ella suponía que lo hacía en sus reuniones. Fría, distante y hostil.

—El matrimonio es la manera más rápida y eficaz de atar todos los cabos sueltos.

¿Cabos sueltos? ¿Era eso lo que eran el bebé y ella?

–Simplemente di por sentado que tú… Bueno, que tú estabas hablando de estar implicado en la vida del bebé… no en la mía.

César la miró de tal modo que, inmediatamente, ella sintió que el pelo se le ponía de punta.

–En ese caso te equivocaste. ¿Implicado? –repitió frunciendo el ceño–. Evidentemente, has pensado todo esto muy bien, así que dime, Kitty, ¿qué es para ti estar implicado?

Ella parpadeó. César aún le tenía agarrada la mano. Se zafó de ella y se cruzó de brazos.

–No sé exactamente, pero tú viajas mucho por tu trabajo. Supuse que podrías venir a visitarnos cuando estuvieras en Londres.

–¿Es esa tu manera de decirme que te vas a marchar de La Habana?

–No me voy a marchar de La Habana, al menos no todavía –replicó ella con el ceño fruncido–. Solo porque esté embarazada no significa que quiera dejar de trabajar.

–¿Pero piensas regresar a Inglaterra?

–Sí, por supuesto.

César la miró como si ella hubiera perdido el juicio.

–¿Y cómo se supone que puedo estar implicado de ese modo en la vida de mi hijo?

Kitty sintió una mezcla de ira y aprensión. Hacía unos segundos, había confiado plenamente en él y había pensado que él comprendía todo lo que estaba ocurriendo. ¿Cómo podía estar tan equivocada?

Lo miró con desaprobación.

–¿Y cómo vas a poder estar implicado en la vida de nuestro hijo? La última vez que saliste por esa puerta, me dijiste que no pasas mucho tiempo en La

Habana. Y así es. Hace siete semanas, desapareciste de la faz de la Tierra…

–¿Y eso te da derecho a ti a desaparecer de la faz de la Tierra con mi hijo?

–Por supuesto que no –replicó ella–. Solo estoy diciendo que no sabía dónde estabas ni cuándo ibas a regresar.

–Tuvimos sexo una vez. Por supuesto que no sabías dónde estaba ni cuándo iba a regresar.

La brusquedad de sus palabras le hizo recuperar el sentido común. ¿Por qué estaba teniendo aquella conversación con él? Era una locura, pero lo era más aún que él pensara que, de repente, ella iba a acceder a casarse con él.

–Lo sé –dijo ella respirando profundamente para recuperar el control–. Y ahora que sé lo que sientes sobre el bebé, evidentemente me encantaría que estuvieras implicado de algún modo…

–¿De algún modo? –repitió él mirándola fríamente–. Qué generosa por tu parte, Kitty. ¿Te gustaría dinero en efectivo o te vale con una transferencia bancaria?

–No me refería a solo económicamente… Mira, no estoy tratando de dejarte al margen –comentó mientras trataba de pensar–. Solo estoy tratando de afrontar lo que es real de lo que no lo es.

–En ese caso, deja que te ayude. Lo que es real es que tuvimos relaciones sexuales sobre este sofá. Sexo sin protección. Ahora, estás embarazada y tengo la intención de cuidar de mi hijo o de mi hija y estar a su lado mientras crece. No me vale con unos cuantos fines de semana robados cuando esté en Europa. Yo crecí en una familia cariñosa y unida con mi padre y con mi madre. Quiero eso también para el bebé.

Kitty se sentía como si el corazón se le estuviera

rompiendo. Ella también había tenido esa suerte, pero casarse con César no lo iba a garantizar.

–Yo también lo deseo, pero en este caso eso no es una opción.

–Lo es si te casas conmigo.

Kitty respiró profundamente. La cabeza le daba vueltas. Recordaba perfectamente cuando Jimmy le pidió que se casara con ella. Él la había amado profundamente y había querido compartir su vida con ella. Había sido tan maravilloso, y tan doloroso, que Kitty no iba a mancillar los recuerdos de aquel matrimonio solo con una farsa por conveniencia.

–No me voy a casar contigo, César. Eso no va a cambiar, así que no quiero hablar más al respecto.

–Esto no va a ser así.

Como respuesta, Kitty se puso de pie y comenzó a andar arriba y abajo por el salón. César la observaba con expresión de incredulidad.

–¿En serio?

–Sí, hablo en serio, César. No quiero volver a hablar de esto.

–Esto es ridículo –afirmó él–. Es una tontería hacer que las cosas sean más complicadas de lo que ya son. Tú elegiste estar conmigo.

–No. Elegí disfrutar del sexo contigo… Sí, fue maravilloso, pero, por muy bueno que fuera, una pareja no se casa por el sexo. Ni tampoco por un embarazo. El matrimonio debe de ser por amor y lealtad y yo no voy a ponerme delante de unos testigos para prometer unos votos en los que no creo. Ninguno de los dos los creemos. Yo no… no puedo.

La voz se le quebró y ella bajó la mirada. No quería que él viera lo que estaba sintiendo ni las lágrimas que estaba a punto de derramar.

Después de un breve silencio, César dio un paso hacia ella.

–Kitty, yo…

Ella levantó la mano para detenerlo.

–Te lo ruego. No. ¿Puedes irte ahora? ¡Vete!

Durante un instante, Kitty pensó que él iba a ignorar sus deseos, pero, tras unos segundos, oyó que la puerta principal se cerraba. Levantó la mirada y sintió alivio y pena a la vez cuando se dio cuenta de que la casa estaba vacía.

Estaba sola.

César cerró con un golpe seco el ordenador portátil. ¿De qué servía? Llevaba una hora mirando un documento y no había leído ni una sola palabra.

Apretó los dientes. ¿De verdad había pasado una hora desde que dejó la casa de Kitty o, para ser más exactos, desde que ella le echó? Le parecía que había pasado una eternidad.

Después de marcharse de casa de Kitty, había regresado a la suya para refugiarse en su despacho. Allí, decidió que podría bloquear esos últimos momentos en los que la voz de Kitty había empezado a quebrarse y ella parecía estar a punto de llorar.

Se había equivocado.

Sintió un nudo en el estómago. Había pasado mucho tiempo desde que hizo llorar a una mujer por última vez. De hecho, sabía perfectamente la fecha. Recordaba perfectamente las lágrimas de su madre cuando se vio obligado a confesarle su estupidez y sintió mucha vergüenza, igual que había sentido hacía diez años. Y acababa de hacer llorar a Kitty.

Lanzó una maldición en voz baja. Había manejado muy mal aquel asunto. Se había mostrado poco sensible. Había querido manejarlo todo como hacía con sus negocios. ¿Y de qué servía eso si en privado era un cobarde?

Se puso de pie. Necesitaba distanciarse de la verdad, pero no podía alejarse de lo que estaba en el interior de su cabeza.

Celia había jugado con él. A los veinticuatro años, César era emocionalmente abierto, despreocupado e ingenuo. Ella le había mentido, no solo a sus espaldas sino a la cara en repetidas ocasiones, y él había creído todo lo que salía de su hermosa boca porque era la misma boca que le besaba y le decía que lo quería.

Se había enamorado de ella y, al hacerlo, se había avergonzado a sí mismo y a sus padres. Entonces, se juró que no volvería a permitir que ninguna mujer tuviera ese poder sobre él.

Sin embargo, le dolía vivir así, pero tenía que hacerlo. Era una necesidad. Se podía decir que era sentido común o lógica que un hombre de su posición mantuviera así las cosas, que las mujeres solo fueran piezas en el ajedrez de su vida. Sin embargo, la verdad que solo él sabía era que el miedo las mantenía a raya. El miedo a la debilidad que había dentro de él, a esa tara en su naturaleza que lo dejaba vulnerable a la explotación si se permitía sentir.

Sentía algo por Kitty. Deseo, evidentemente, pero también algo más, un sentimiento de protección que no tenía nada que ver con el embarazo.

Sentir eso lo asustaba. Se sentía por ello furioso y frustrado consigo mismo. Por ello, había hecho blanco de esa frustración a Kitty, no porque estuviera embarazada, sino porque le recordara al error que había cometido hacía ya tantos años y que tanto se esforzaba por no volver a cometer.

Kitty había llevado el caos y la pasión a su mundo y el matrimonio era la manera más lógica de restaurar el orden no solo para sí mismo. Sabía lo mucho que sus padres deseaban verlo casado y si él podía casarse y darles un nieto, podría por fin compensarles el dolor que les había causado.

Sin embargo, Kitty tenía otros planes.

Alguien llamó a la puerta. Su corazón latió con anticipación. Sin embargo, inmediatamente, su pulso se relajó cuando vio que Rosa, su ama de llaves, era la que aparecía en el umbral.

–¿Quiere café, señor Zayas?

Café, como siempre, mientras trabajaba. Sin embargo, ya no era así. Todo había cambiado para siempre.

–No, gracias, Rosa. Tengo algo que debo solucionar.

Diez minutos más tarde, estaba frente a la puerta de la casa de Kitty. Llamó y esperó. Después de cinco minutos sin respuesta, volvió a llamar, en aquella ocasión con más fuerza, pero tampoco hubo respuesta.

¿Y si había salido? El corazón empezó a latirle con fuerza. El pánico se apoderó de él. ¿Y si se había marchado de La Habana? ¿De Cuba?

Sintió que el pulso se le aceleraba y se alejó de la puerta principal. Comenzó a rodear la casa mientras se sacaba el teléfono del bolsillo. Si era necesario, mandaría a alguien al aeropuerto a detenerla.

De repente, se detuvo en seco.

Kitty estaba en el porche trasero, regando las flores. Tenía el cabello suelto y húmedo, seguramente porque se había dado una ducha, y llevaba un sencillo vestido. Observó las largas piernas y su imponente figura durante un instante. Entonces, dio un paso al frente y se aclaró la garganta.

Kitty se volvió sobresaltada.

—No he venido a pelearme contigo.

—Entonces, ¿por qué estás aquí?

Ella parecía más tranquila, pero aún tenía los ojos muy rojos. Su piel estaba tan pálida que casi parecía transparente.

—Quería disculparme por lo de antes. No quería disgustarte. Solo estoy tratando de hacer lo correcto. Quiero hacer lo correcto.

—¿Y te parece que casarte con alguien a quien no amas es lo correcto?

—Si lo dices de ese modo, supongo que no. Sin embargo, las personas se casan por muchos motivos diferentes y, en ocasiones, terminan amándose.

—¿Y crees que eso podría ocurrirnos a nosotros?

César estuvo a punto de decir que sí, pero no le pudo mentir.

—No lo sé… No he estado casado nunca, así que no puedo decirlo con toda seguridad. Sin embargo, tú tampoco lo has estado, y no puedes decir que no podría ocurrir.

Kitty guardó silencio un instante.

—En realidad, sí que he estado casada –susurró con voz temblorosa.

César la miró fijamente.

—¿Eres divorciada?

—Viuda.

—Lo siento mucho. No tenía ni idea.

Ella asintió brevemente. Al ver lo mucho que se esforzaba por mantener el control, César sintió pena en el corazón.

—¿Cómo se llamaba?

–Jimmy. No estuvimos casados mucho tiempo. Solo un año antes de que muriera. Sin embargo, nos conocíamos de toda la vida.

–¿Cuánto tiempo hace que ocurrió?

–Cinco años.

Aquella respuesta asombró a César más de lo que lo había hecho el saber que ella había estado casada y que había enviudado. Era demasiado joven para que su mundo se hubiera destruido de aquella manera.

–No está en tu expediente.

–No. No quiero que esté. No es un secreto, pero no quiero que se me defina por ello.

César oyó todos los sentimientos que se reflejaban en su voz, el dolor, la ira, el desafío.

–¿Sabes a lo que me refiero? ¿Te ha ocurrido alguna vez algo que no quieras compartir con desconocidos? ¿Que sea privado?

Kitty lo miraba fijamente. César escuchó cómo aquella pregunta resonaba dentro de él y pensó en su propio pasado y en lo desesperadamente que había tratado de distanciarse de su debilidad y de su estupidez. Asintió.

–No tienes que explicarme nada, Kitty.

–Sé que no, pero quiero hacerlo –dijo ella dando un paso hacia adelante–. No es que no crea en el amor, es que no puedo creer en él. No puedo volver a sentir así, pero tampoco quiero fingir.

César solo necesitó dos pasos para estar a su lado. La tomó entre sus brazos y, antes de que supiera lo que quería hacer, bajó el rostro y le rozó el cabello con los labios para inhalar su aroma.

–No pasa nada. Lo entiendo –murmuró.

Sintió que el cuerpo de Kitty se tensaba y, entonces, ella se apoyó contra él. Sin poder contenerse, César apoyó la cabeza sobre la de ella.

–No sé qué hacer –dijo ella mirándolo a los ojos–. No quiero ser injusta. También es tu hijo.

César tragó saliva. Con el rostro de Kitty tan cerca del suyo y su cálida piel bajo las manos, todo le parecía posible. Ningún obstáculo era demasiado grande. Ni siquiera el pasado. Ni el de ella ni el de él.

–Lo sé y por muy mal que lo haya expresado antes, lo dije en serio. Quiero darle a mi hijo la clase de familia que yo tuve. Sé que no podemos hacerlo como marido y mujer, pero, ¿hay alguna manera de que pudiéramos encontrar un término medio?

–¿A qué te refieres?

–Casi no nos conocemos y eso solo va a hacer que en el futuro todo sea más difícil cuando tengamos que comunicarnos. Si dices en serio lo de que no quieres ser injusta, no podemos seguir siendo desconocidos.

–¿Qué es lo que se te ha ocurrido?

–Pasemos un tiempo juntos. Creo que deberías mudarte a la casa principal. Solo hasta que regreses a Inglaterra. Allí hay mucho sitio y estoy segura de que tu familia se sentiría más tranquila sabiendo que estás siendo cuidada adecuadamente. Por eso, deja que te cuide. Solo por el momento.

César esperó observando el rostro de Kitty. Trató de que la tensión no se le notara en el suyo. Entonces, su corazón comenzó a latir de alivio y alegría cuando ella lo miró a los ojos y asintió.

Capítulo 7

LE GUSTARÍA un poco de jamón, señorita Quested? ¿O tal vez un par de huevos?

Kitty miró el plato, que estaba ya a rebosar, y sonrió a la mujer de cabello oscuro que estaba de pie a su lado.

–No, gracias Rosa. De verdad, esto está bien.

Observó con cierto sentimiento de culpa los platos que tenía encima de la mesa. Todo tenía un aspecto delicioso, pero, aunque tuviera que comer por dos, no iba a hacer mucha mella en aquel festín.

De repente, comprendió que tal vez no era todo para ella… Rosa pareció leerle el pensamiento y negó con la cabeza.

–El señor Zayas siempre desayuna muy temprano –dijo mientras se inclinaba para volver a llenar el vaso de Kitty–. Sin embargo, me dijo que espera poder reunirse con usted para almorzar.

–De acuerdo –replicó ella con su perpetua sonrisa, que parecía tener pegada al rostro. ¿Tan fácil resultaba saber lo que pensaba?–. En ese caso, lo veré a la hora de almorzar.

No tenía ni idea de lo que César le había dicho a Rosa sobre la relación que había entre ellos. ¿Explicaba un hombre de su posición la dinámica que había entre él y una invitada a los empleados? Seguramente no. Ni se podía imaginar que así fuera ni iba a intentarlo. Al menos, porque en aquellos momentos, ni siquiera ella misma sabía cómo explicar la relación que había entre ellos. No eran pareja, pero él era el padre del hijo que ella estaba esperando. Y vivían juntos.

Sintió una ligera culpabilidad. Se suponía que vivía con César para tranquilizar a la familia de Kitty y, sin embargo, dos días después de mudarse a la casa principal, aún no le había dicho ni a sus padres ni a Lizzie que estaba embarazada. ¿Cómo podía hacerlo? ¿Y por qué?

A pesar de lo que César había sugerido hacía unos días, los dos sabían que aquello era tan solo un acuerdo temporal. En aquel momento, el embarazo resultaba algo nuevo y desconocido y César se sentía culpable y responsable, pero cuando ella regresara a Inglaterra, a él le resultaría más fácil seguir con su vida.

En cierto modo, ¿no lo estaba haciendo ya? Tal vez Kitty vivía bajo su techo, pero casi no lo veía. Eran como lunas que estaban en la órbita de un planeta. En ocasiones, sus caminos se cruzaban, pero…

Por supuesto que no lo había visto. Apartó la desilusión que ni quería ni tenía derecho a sentir. Además, el hecho de no tenerlo cerca, suponía que ella quedaba libre de la desconcertante tensión que siempre vibraba entre ellos. Se le hizo un nudo en la garganta. Kitty se había esforzado mucho por fingir que no existía, pero no era así. Ese era otro motivo para no hablar con Lizzie.

Necesitaba comprender lo que sentía por César. Él quería formar parte de la vida del bebé, pero ser padre era un compromiso de por vida que necesitaba unos cimientos muy sólidos. Lo único que había entre ellos era un breve y explosivo encuentro sexual que no había significado nada para ninguno de ellos.

No importaba lo sublime que hubiera sido la pasión entre ellos. No tenía nada que ver con ternura o el amor que ella había sentido por su esposo. Sentir esa clase de ternura y amor por alguien, aunque ese alguien fuera el padre de su hijo, ya no era posible para ella.

Se tensó al escuchar pasos en el pasillo. Miró involuntariamente hacia la puerta. Sin embargo, la sonrisa nerviosa que esbozó cuando el hombre se asomó, desapareció cuando él se marchó. Solo era Rodolfo, el chófer de César.

Diez minutos más tarde, después de haber terminado su desayuno, se encontraba de pie en el inmenso vestíbulo, mirando las escaleras. Se mordió el labio. Podría ir a su dormitorio, pero eso significaría estar a solas con sus pensamientos. Estaba a punto de hacerlo cuando dudó. Alguien, probablemente Rodolfo, había dejado abierta la puerta de la terraza. Se dirigió hacia allí.

Después de semanas de haberse encerrado voluntariamente en el laboratorio, se sentía bien al notar el sol en el rostro, pero pronto las delicadas nubes se dispersarían y haría mucho calor. Encontró un sendero bajo la sombra de los tamarindos y avanzó lentamente, siempre consciente del lugar en el que estaba la casa principal. Aquello era precisamente lo que necesitaba. Una parte de ella siempre trataba de evitar encontrarse con César, pero pasar el tiempo con él era la manera más rápida y segura de conseguir que él dejara de ser una fantasía perfecta para convertirse en una realidad. Después de todo, ningún hombre podía ser tan deseable las veinticuatro horas del día.

Siguió avanzando hasta llegar a las dunas, atraída por el sonido de las olas del mar. Una vez allí, comenzó a buscar trocitos de madera. Se le había ocurrido una idea para un móvil para el bebé. Así tendría una parte de la tierra en la que nació cuando los dos regresaran a Inglaterra. Sin embargo, por alguna razón, la idea de tener que regresar hizo que se tensara de la cabeza a los pies.

Suspiró y miró hacia el mar. Inmediatamente, se quedó totalmente inmóvil.

No estaba sola.

César estaba en la playa con un hombre de cabello oscuro al que no reconoció. Estaban peleándose. El corazón de Kitty empezó a latir a toda velocidad.

Estaban a pocos metros de distancia. Sus cuerpos se arqueaban, las piernas atravesaban el aire, las muñecas se retorcían y los puños conectaban con la piel y los huesos.

Segundos más tarde, su cerebro pareció cobrar vida y se dio cuenta de que los dos hombres iban vestidos de igual manera, con unos pantalones blancos muy amplios. No era una pelea de verdad, sino una especie de sesión de entrenamiento. Sin embargo, parecía completamente real, como si los dos se estuvieran haciendo daño de verdad. El rostro de César estaba muy tranquilo.

Ella lo miró. La confusión se mezclaba con la irritación. ¿Por qué él siempre tenía que llevarse al límite? ¿No tenía bastante con dirigir una empresa tan importante? Seguramente, su día a día tenía más riesgo y drama de lo que podía soportar la mayoría de la gente, pero, aparentemente, él necesitaba algo más.

Kitty dio un paso atrás, pero se tropezó con un palo. Este se partió por la mitad y el ruido que hizo resonó como un disparo por la playa. Los dos hombres se volvieron hacia ella. La mirada de César se cruzó inmediatamente con la de ella y, entonces, sintiendo su debilidad, la pierna de su oponente voló. Kitty sintió que el pulso se le aceleraba cuando vio que César caía sobre la arena. Parpadeó. Todo había ocurrido tan rápidamente… Como el día del accidente. No obstante, parecía que en aquella ocasión las piernas no le respondían.

Observó en silencio cómo el hombre de cabello oscuro extendía la mano y ayudaba a César a levantarse. Los dos intercambiaron unas palabras y se dieron la mano. Entonces, César se dio la vuelta y se dirigió hacia ella. No tardó en detenerse frente a ella.

Su cuerpo quedaba recortado contra los rayos del sol. Kitty no podía verle el rostro, pero sentía que él la estaba mirando. Entonces, él dio un paso más al frente y, cuando logró distinguir sus rasgos, fue consciente de que contuvo de manera totalmente audible la respiración.

Evidentemente, había estado entrenando muy duro. Tenía la piel cubierta de sudor. Los músculos estaban perfectamente definidos y la piel le relucía como si fuera de oro. Sabía que su reacción ante el cuerpo de César se le estaba notando en el rostro, pero no podía apartar la mirada de él. Recordó que había pensado que vivir con César podría despojarle de su glamour y apretó los dientes. Evidentemente, faltaba mucho antes de que eso ocurriera.

—Parece que te estás tomando esto por costumbre —comentó él.

—¿El qué?

—Tirarme al suelo.

La tensión que flotaba entre ellos era evidente. No tocar a César suponía un esfuerzo sobrehumano de autocontrol. Asustada por la fuerza de su deseo, se aclaró la garganta y dijo:

—En esta ocasión, no he sido yo la que te ha tirado al suelo. Estaba aquí, a lo mío. Simplemente no estabas prestando atención.

César soltó una carcajada.

–Esto ha sido poco más o menos lo que me ha dicho Óscar.

Kitty trató de tranquilizar los latidos de su corazón. Estar con César debía suponer una dosis de realidad para ella, pero era irresistible.

–¿Óscar? –preguntó tratando de dominar su voz.

–Es mi instructor.

–¿Qué es lo que estabais practicando? –le preguntó ella. Una parte estaba interesada, pero otra tan solo buscaba poder apartar la mirada de su cuerpo.

–Se llama Eskrima. Es un arte marcial. ¿Quieres que…?

Le indicó la casa. Los dos comenzaron a andar hacia la casa. Resultaba más fácil ir al lado de él. Para empezar, no tenía que observar su belleza y también la conversación parecía fluir más fácilmente.

–¿Es cubano?

–No. Viene de Filipinas. Hace un par de años estuve allí bastante tiempo. Beben mucho ron allí.

–Sí. Es el tercer mercado del mundo. Y tienen sus propias marcas. Bill y Lizzie fueron allí de vacaciones el año pasado y me trajeron una botella. Era una edición limitada. Era muy oscuro… con mucho sabor.

–Sí. Es que queman los barriles. Lo siento, no quería que termináramos hablando de trabajo. Básicamente, cuando estuve allí, Félix, mi entrenador de siempre, tuvo un accidente y él me recomendó a Óscar. Óscar es un Lakan, es decir, tiene cinturón negro en Eskrima.

Se interrumpió un instante, distraído por un ruido en la lejanía. Ella miró hacia el mismo lugar que él y vio que un avión verde oscuro cortaba el cielo azul mientras regresaba a la base que Estados Unidos tenía en la bahía de Guantánamo. Cuando apartó la mirada del avión, vio que él la estaba observando. De repente, las manos le empezaron a temblar.

–He hablado con la clínica –prosiguió él–. Han programado una ecografía para esta mañana y luego tenemos consulta con el doctor Moreno.

–Ah… está bien.

–Aparentemente, es para ver de cuánto estás.

César la observaba con expresión neutral, pero ella se puso a la defensiva. ¿Cómo había podido pensar que un hombre como él aceptaría su palabra? Sintió que los ojos se le llenaban de lágrimas y, en un abrir y cerrar de ojos, el ambiente cambió.

En los cinco años que hacía desde la muerte de Jimmy, ella se había esforzado mucho para encontrar paz y equilibrio, pero desde que conoció a César se sentía como un barco en el mar, empujado por las olas y las corrientes emocionales. No controlaba esos sentimientos. Ni los comprendían.

No eran solo las hormonas, sino que era culpa de él por haberle hecho recordar lo que se sentía al desear a un hombre y necesitarlo, solo que ella no debería sentir nada por aquel guapo desconocido. Ojalá el bebé que estaba esperando fuera de Jimmy. Todo sería mucho más sencillo…

–Kitty.

Ella comprendió que la expresión de su rostro debía de haber cambiado y que él se había dado cuenta.

–¿A qué hora es la ecografía?

César la miraba fijamente. Kitty pensó que él iba a cambiar la conversación, pero, después de un breve silencio, dijo:

–A las once.

–De acuerdo. Estaré lista –dijo ella. Ya estaban

dentro de la casa, por lo que ella miró hacia la escalera–. Estoy un poco cansada, por lo que voy a subir a mi dormitorio para tumbarme un rato.

–En ese caso, te dejaré ir. Te veo un poco antes de las once.

Con eso, César se dio la vuelta y se dirigió hacia la cocina. Kitty lo observó mientras se marchaba. Si él se hubiera dado la vuelta, la habría sorprendido mirándolo, pero no lo hizo. Sintiéndose traicionada por ello, lo que le sorprendió tanto que le dolió, Kitty se dio la vuelta y comenzó a subir la escalera.

Se sintió muy aliviada al ver que la clínica que César había escogido parecía más un hotel que un centro hospitalario. Durante el trayecto en coche, se había mostrado muy tensa al recordar las numerosas visitas que había tenido que hacer al hospital con Jimmy. Todo era muy moderno y los empleados iban vestidos con uniformes que hacían juego con la decoración.

No tardó mucho en estar tumbada en una camilla, con el vientre desnudo cubierto de gel. La doctora movía el ecógrafo de un lado a otro sin dejar de mirar la pantalla.

–Aquí está –anunció por fin–. Su bebé.

Kitty miró hacia la pantalla y sintió que el corazón se le encogía de alegría. Por suerte, la doctora hablaba inglés perfectamente, lo que era una suerte.

No se lo podía creer. El bebé era minúsculo, pero era real. Estaba verdaderamente embarazada. Era un milagro extraordinario, que ella no había querido terminarse de creer por miedo a una desilusión. Sin embargo, era cierto. Por fin había ocurrido.

–Esta es la cabeza. Esa es una pierna y el pie… y este es el corazón.

–¿Está todo bien?

–Sí. Mide menos de tres centímetros, por lo que creo que tiene unas nueve semanas. Cuando vayan a ver al doctor Moreno, pueden solicitarle una segunda ecografía. En ella, podremos ver muchos más detalles para estar seguros, pero ahora todo va bien. Supongo que querrán una foto.

Kitty estaba casi sin palabras.

–Sí…por favor. Y gracias.

Miró a César. Él no había dicho ni una sola palabra, por lo menos ella había esperado que diera también las gracias o ver una alegría compartida en su rostro. No decía nada. No hacía más que mirar la pantalla con expresión intensa.

Cuando ella estaba a punto de preguntarle algo, sonó su teléfono.

–Lo siento. Tengo que contestar –dijo. Se puso de pie–. Perdón. José, gracias por llamarme…

Al ver que él salía de la consulta, Kitty sintió pánico. Se había imaginado aquel momento tantas veces en el pasado y no debería haber sido así…

¿Cómo había podido pensar que las cosas saldrían bien con él? No lo conocía y no podía saber cómo iba a reaccionar. Sin embargo, lo más importante era cómo esperaba poder criar un niño a su lado.

César tomó su taza de café y miró hacia el cielo. Ya estaba oscureciendo y el aire era cálido y pegajoso. Iba a llover. Menos mal. Hacía falta que lloviera para romper la tensión que había en el aire.

Apretó la mandíbula y miró a Kitty, que estaba

sentada al otro lado de la mesa. Ella estaba observando el horizonte. Ojalá la tensión pudiera aliviar también la tensión que había entre ellos.

Después de la ecografía, habían ido a la plantación de César para almorzar. Le había dicho a Kitty que tenía que hablar con José Luis, el capataz, y que quería mostrarle una parte de Cuba que ella no había visto. Sin embargo, la verdad era que necesitaba una excusa para ir a alguna parte.

Desde que salieron de la clínica, había estado tratando de pensar lógicamente, pero, aunque tenía ya una foto de su hijo o de su hija en el bolsillo, no podía creerse que fuera a ser padre al cabo de siete meses.

Sintió que el pulso se le aceleraba. «No tienes que imaginártelo», se dijo. «Ya ha ocurrido. Eres padre».

Con solo pensarlo, se sentía como si le hubiera atropellado un camión. Era ridículo. Ni siquiera tenían una relación. Ni estaba preparado…

Tampoco había estado preparado para hacerse cargo del negocio familiar. Cuando su padre le hizo sentarse y le dijo que había llegado el momento, César no se había negado abiertamente, pero su silencio había bastado como respuesta. Con un poco de persuasión de su madre, su padre había accedido a darle un año más.

El mayor error de su vida.

Se había sentido como un perrito al que dejar correr sin correa por primera vez. Se acercaba a saludar a todo el mundo como si fuera un amigo. No era de extrañar que a Celia le hubiera resultado tan fácil manejarlo. Cuanto más lejos le tiraba el palito, más rápido iba él a devolvérselo. Sin embargo, no fue un palito lo que él le había terminado dando, sino un anillo. El anillo de compromiso de su abuela.

Apartó los recuerdos y agarró con fuerza la taza de café. No importaba que no estuviera preparado. Tal vez era un futuro que no había imaginado, pero era su hijo y le había sido sincero a Kitty. Quería casarse con ella. Había esperado que la ecografía, el hecho de ver juntos al bebé, la animara a cambiar de opinión. Sin embargo, ella parecía haberse retraído aún más. Y todo era culpa suya.

Sabía que su silencio le había hecho daño a ella. Sabía que no debería haber contestado al teléfono, pero se había quedado sin palabras. Nada hubiera podido expresar lo que había sentido al ver el corazón de su bebé. No era capaz de ponerle voz al miedo ni al asombro que sentía y mucho menos al fiero sentimiento de protección que había sentido en lo más profundo de su ser, no solo por el bebé sino también por Kitty.

Se había sentido horriblemente expuesto, por lo que, cuando ella lo miró, decidió ignorarla. No quería aceptar la intimidad de aquel momento ni de todo lo que implicaba. Sin embargo, había un bebé creciendo dentro de ella, pero era mucho más que un bebé. Era una prueba, una prueba que, hasta el momento, había fallado.

Tal vez había conseguido que Kitty viviera en su casa, pero, ¿cómo iba a decírselo a sus padres? Se sentirían confusos y desilusionados. Una vez más.

No. Tenía que casarse con Kitty, pero ella ni siquiera parecía interesada en hablarle. Apretó los dientes.

Él no perseguía ni animaba en modo alguno a las mujeres después de lo de Celia. Desde que hizo el ridículo. Había sido la primera y única vez de su vida que se había sentido indefenso y expuesto. No quería volver a sentirse así nunca más. Por lo tanto, aunque odiaba permitir que el miedo dictara sus actos, había organizado su vida de ese modo para no volver a sentirse así con ninguna mujer.

Para tener siempre la posibilidad de huir.

Sin embargo, en aquella ocasión no podía hacerlo. Y tampoco quería. Al menos, no solo.

Se levantó de la silla.

—Vamos a dar un paseo —le dijo. Ella lo miró con cautela y, tras respirar profundamente, César le ofreció una mano—. Por favor, ¿quieres venir a dar un paseo conmigo?

Tras dudarlo unos instantes, Kitty asintió.

Echaron a andar lentamente. Ella llevaba puesto el mismo vestido que hacía unos días. Su simplicidad combinada con el cabello suelto le daba un aspecto muy frágil.

—¿Cómo te encuentras?

—Bien. Solo un poco cansada. Seguramente sea el calor.

César la miró. Tenía las mejillas ruborizadas, igual que estaban cuando él la besó en el club. Sintió que su cuerpo respondía ante aquel recuerdo y apretó los dientes.

Persuadir a Kitty había sido un compromiso, un primer paso para conseguir que ella cambiara de opinión. Sin embargo, estaba empezando a preguntarse si había sido buena idea. Estar junto a ella era un tormento. Después de la pasión que habían compartido, tanta formalidad era como un bofetón en el rostro.

Apartó su frustración y miró al cielo.

—Va a llover pronto y hará más fresco. O podríamos darnos una ducha. Hay una cascada ahí mismo.

Apartó unas ramas para que Kitty pudiera pasar. Oyó que ella contenía el aliento al observar cómo la corriente de agua caía en una increíble laguna de color zafiro.

–Es muy bonito… ¿Esto es parte de tu imperio empresarial? –le preguntó ella.

César se encogió de hombros.

–En cierto modo. Evidentemente, el negocio necesita caña de azúcar y me gusta saber de dónde vienen mis materias primas, pero tener todo esto me permite jugar a ser agricultor. Ven, dame la mano… –le dijo él mientras la ayudaba a bajar a unas rocas desde las que podían contemplar el agua y sobre las que caían las gotas que volaban desde la cascada–. Podemos esperar aquí. Y, mientras esperamos, podemos hablar de lo que pasa a continuación.

–Pensaba que esto era lo que pasaba a continuación –replicó ella sin emoción alguna.

–Sí, pero ahora que tenemos la ecografía, creo que deberíamos decírselo a nuestras familias.

Kitty guardó silencio durante unos segundos Entonces, asintió.

–Supongo que sí.

César frunció el ceño. Había dado por sentado que ya habría llamado a su casa, pero, evidentemente, no había sido así. Eso le sorprendió y le escoció más de lo que quería admitir.

–¿Es que no quieres decírselo a tu familia?

–Sí… pero es que no sé qué decirles.

–¿Te preocupa que se sientan disgustados?

–¿Disgustados? No, por supuesto que no. Se pondrán muy contentos… Saben lo mucho que yo deseaba quedarme embarazada… lo mucho que Jimmy y yo lo intentamos. Lo único que quieren es que yo sea feliz.

–Entonces, ¿cuál es el problema? Mira, sé cómo debió de sonar antes, pero no cuestiono mi paternidad. Esa no es la razón por la que pedí la ecografía.

De hecho, en realidad no la pedí. La clínica me lo sugirió y yo pensé que era lo que se hacía siempre.

–Lo sé… no eres tú.

César respiró profundamente. Se sentía atrapado entre la necesidad de saber más y la de mantener las distancias. Sin embargo, tenía que saberlo.

–Pensaba que habías dicho que no te arrepentías. ¿Has cambiado de opinión sobre el bebé?

–¡No, no! –exclamó ella–. Deseo tener este bebé.

–Entonces, ¿cuál es el problema?

–Ese es precisamente el problema –dijo ella–. Quise tener un hijo durante mucho tiempo, por Jimmy, por nosotros. Y ahora estoy embarazada y él no está aquí. Debería sentirme muy triste, pero no lo estoy.

–Kitty, no pasa nada…

Ver cómo ella trataba de controlar las lágrimas era mucho peor que verla llorar. Le tomó la mano y la estrechó entre sus brazos.

–Mira, te estás presionando demasiado…

Las lágrimas de Celia no habían significado nada. Tan solo servían para manipular los sentimientos de César. Normalmente, si una mujer empezaba a llorar, él quería marcharse. Sin embargo, el dolor de Kitty era real y su pena transcendía la necesidad de César por mantenerse emocionalmente apartado.

–Todo esto es nuevo para ti y resulta algo confuso, pero está bien que te alegres por el bebé.

–Y me alegro… –susurró ella con ojos brillantes–. Me alegro mucho, pero me siento culpable.

César sabía muy bien lo que era sentirse culpable. La culpabilidad había empujado su vida, haciéndose dueña del resto de sus impulsos, buenos y malos, y lo había convertido en un ser emocionalmente autónomo centrado exclusivamente en su trabajo.

Sin embargo, su culpabilidad era su castigo. La de Kitty era totalmente inmerecida.

–¿Culpable por qué? ¿Por haber seguido con tu vida? ¿Por tener un futuro?

–Ojalá fuera por eso… Eso es lo que debería estar sintiendo y así fue al principio. Quiero sentirlo ahora, pero en lo único en lo que puedo pensar es en ti. Y en lo que ocurrió contigo.

El cuerpo de César se tensó al recordar aquel momento. El agua que les salpicaba desde la cascada era cálida, pero no tanto como el calor que le abrasaba el vientre.

–No deberías sentirte culpable por eso.

Estaba lo suficientemente cerca de ella como para ver las pecas que le cubrían las mejillas y el pulso que le latía en la base de la garganta. El cuerpo se le tensó de necesidad.

–No… Me siento culpable por desear que vuelva a ocurrir… No sé por qué me siento así…

–No sé si eso es un cumplido o no –comentó César.

Kitty se mordió el labio.

–No esperaba que ocurriera nada y, entonces, cuando ocurrió, pensé que era porque yo estaba aquí y porque hacía tanto tiempo que no había habido nadie en mi vida… tanto tiempo desde la última vez que deseé a nadie. Solo que no era eso. No es…

César sintió que la respiración se le detenía. En la casa de Kitty, la había deseado en el momento. Aún recordaba la intensidad de su deseo y, más aún, el de ella, el modo en el que había reaccionado y en cómo habían encajado sus cuerpos…

En aquellos momentos, a pesar de su sinceridad, él podía admitir que no había sido suficiente. Que, aunque se diera la vuelta y se alejara, seguiría deseando más y que no era una necesidad que pareciera disminuir.

¿Por qué? No estaba hablando de emociones ni ella tampoco. Se trataba de lujuria. De Sexo. De deseo. Un anhelo físico y elemental como el hambre o la sed.

Se movió un poco y notó el ligero abultamiento del vientre de Kitty. Aquel bebé era un vínculo que iba más allá de la lujuria. Estaban unidos por una nueva vida y eso era más importante que ellos mismos. No tenía que resistirse. Tan solo aceptarlo.

Miró los ojos de Kitty y quedó hipnotizado por el anhelo que veía en ellos. Un anhelo que se reflejaba en su propia mirada.

Sintió una sensación de mareo, casi como si estuviera bebido. Y, en cierto modo, lo estaba. Acababa de darse cuenta de que solo era un hombre, que ella era una mujer y que los dos eran iguales. Iguales en su deseo y en su necesidad. Cediendo a lo que sentía, César se desprendería del error que había cometido y del miedo que llevaba controlando su vida desde hacía demasiado tiempo.

–Te deseo… –dijo suavemente–. No he dejado de desearte desde que entré por la puerta de tu casa hace ya algunas semanas. No sé si está bien o mal, solo sé que es lo que siento –añadió mientras le acariciaba suavemente el rostro, gozando con la suavidad de su piel–. Ya no puedo resistirme más. No quiero hacerlo.

Kitty respiró profundamente.

–Yo tampoco…

Sintió que tenía aire en las venas cuando Kitty se inclinó sobre él y le lamió suavemente los labios. Entonces, él le enredó la mano en el cabello y buscó con su boca la de ella para besarla apasionadamente.

Capítulo 8

EL SONIDO del agua de la cascada caía al mismo ritmo de su respiración.

Kitty se echó ligeramente hacia atrás y lo miró. Nada parecía importarle más que aquel maravilloso perfil y los urgentes latidos de su corazón.

–Se te está mojando la chaqueta…

–Y tu vestido también…

–En ese caso, ayúdame a quitármelo.

Los dos se ayudaron el uno al otro. Mientras Kitty le quitaba la camisa, él le enredó las manos en el cabello. Sus bocas se buscaban, besándose apasionadamente. Las lenguas se enredaban y los labios se frotaban. César gruñó de placer antes de romper el beso. Los dos estaban jadeando.

–Llevo semanas pensando en esto –susurró él mientras la contemplaba con sus verdes ojos.

–Yo también…

César tenía el ceño fruncido y Kitty podía ver los músculos de sus brazos, que estaban tensos, como si él estuviera tratando de contenerse. Al ver el deseo que había en su mirada, sintió una fuerte y repentina oleada de calor por todo el cuerpo.

–Entonces, ¿a qué estás esperando?

–El bebé… ¿Está bien si…? No quiero hacerte daño.

Kitty se quitó las sandalias y entonces, extendió las manos para tocarle el torso.

–No lo harás.

Kitty sentía que la cabeza le daba vueltas. El pulso se le había acelerado y se sentía como si se estuviera deshaciendo. Lo deseaba tan desesperadamente… Lo deseaba como no había deseado nunca a nadie. Nunca. Aquello no era una fantasía. Era real. Y era lo que los dos deseaban. Eso era lo único que importaba.

Kitty le deslizó las manos por debajo de la camisa temblando por la libertad que tenía de tocarle y el alivio de no tener que parar o de que él no deseara que parara. Le agarró los hombros y le deslizó la lengua en la cálida boca mientras comenzaban a moverse como si fueran uno, entrando en las cálidas aguas, sobre las que salpicaban miles de gotas de la cascada. Sus cuerpos se apretaban juntos al ritmo de sus corazones.

Ella empezó a quitarle la corbata, peleándose con el nudo hasta que consiguió aflojarlo. A continuación, tiró de los botones de la camisa.

Cuando las manos tocaron la cálida piel desnuda, dudó un momento. César era muy guapo, más de lo que ningún hombre debería ser. Fueran cuales fueran los recuerdos que habían conjurado, la realidad superaba la fantasía. Era guapo hasta no poder serlo más. Su cuerpo esbelto, de fuertes músculos y piel morena era muy suave aparte del ligero vello oscuro que le desaparecía por la cinturilla de los pantalones.

Sentía el corazón a punto de estallar. Le deslizó las manos por el torso y se puso de puntillas para besarlo delicadamente, para saborearlo como si fuera uno de sus rones.

César gruñó y se sacó la camisa de los pantalones

y la tiró sobre las piedras. Entonces, le bajó a Kitty los tirantes del vestido y le quitó la empapada prenda. Ella sintió que se deslizaba sobre su cuerpo y caía a sus pies. No llevaba puesto sujetador y, a pesar del ruido del agua de la cascada, oyó que César tragaba saliva.

–Eres muy hermosa –dijo–. Tan hermosa…

Respiró profundamente y, durante un instante, se limitó a mirarla. Los pezones se irguieron sin que Kitty pudiera hacer nada al respecto y contuvo el aliento al ver que César extendía la mano y comenzaba a acariciárselos.

Era demasiado. Los senos estaban demasiado sensibles. Le agarró la mano.

–Ahí no… Aquí… –dijo mientras le colocaba la mano entre las piernas.

César se movió contra ella, colocándole un muslo entre los suyos. Kitty sintió la firme masculinidad de él apretándose contra su piel, pero necesitaba más. Con manos temblorosas, empezó a desabrocharle la hebilla del cinturón para poder liberar la fuerza de su deseo. Se sentía muy excitada. Los ojos de César estaban llenos de pasión a pesar de que ella sabía que se estaba controlando.

Saber que César la deseaba tanto como ella lo deseaba a él le hizo sentirse poderosa de un modo en el que jamás se había sentido antes. De repente, quiso poner a prueba ese poder. Extendió la mano y, sin dejar de mirarlo a los ojos, colocó la mano sobre la gruesa excitación que él presentaba.

Él gimió. Sacudió la cabeza y dijo algo en español. Entonces, le agarró a ella las muñecas y se las colocó a la espalda. Tras inclinar la cabeza, se apoderó de sus labios. Kitty sintió que su vientre se tensaba y se volvía líquido. Se acercó un poco más a él, tratando de levantar las caderas para buscar alivio a la tensión que tenía entre los muslos. Sin embargo, él le impedía acercarse plenamente.

Kitty gimió de frustración cuando César apartó la boca. Los ojos verdes la observaban y, entonces, de repente, le agarró las dos muñecas con una mano y la empujó, de manera que las cálidas gotas de la cascada le caían por la piel desnuda.

Cuando sintió que él se acercaba de nuevo y le deslizaba un dedo sobre los senos y el vientre, los latidos del corazón se le aceleraron. Después, llegó al triángulo de las braguitas. Deslizó la mano por debajo de la tela y ella estuvo a punto de estallar por la necesidad y la frustración. Arqueó su cuerpo hacia el de él. Deseaba más. Necesitaba más.

–Por favor… –suplicó.

César se puso de rodillas. Ella sintió una oleada de cálido deseo cuando notó que él metía un dedo por debajo de las braguitas y se las bajaba para tirarlas después.

Los pezones se le tensaron dolorosamente. Se sentía como si estuviera a punto de caerse por un abismo. El pulso le latía incesantemente entre las piernas y, cuando sintió que él le apartaba los húmedos rizos con la lengua, gimió de placer.

La cascada caía con fuerza sobre ellos. Las gruesas gotas explotaban contra las rocas que había a sus espaldas, ensordeciendo los latidos del corazón de Kitty y la trabajosa respiración de César.

El cuerpo de ella se estaba abriendo por el deseo que sentía. Todo su ser temblaba. El calor que producía la lengua de César se iba haciendo más fuerte, más urgente y resultaba imposible ignorarlo. Kitty sentía que iba perdiendo el control, que el poder de su deseo era más fuerte que los latidos de su corazón.

Nunca se había sentido así antes. El deseo era profundo y exigente. No podía pensar en otra cosa que no fuera la punta de aquella lengua... Firme, precisa y cruel.

Su cuerpo ardía. Se liberó las manos y se las enredó en el cabello, tirando de él, abriéndose más cuando sintió que el deseo le explotaba entre las piernas.

Mientras jadeaba, César comenzó a subir por su cuerpo, cubriéndole el camino de besos mientras ella aún temblaba de placer. A pesar de todo, Kitty no tardó en encontrar la cremallera de los pantalones.

César gruñó cuando ella lo liberó. Kitty vio que el rostro se le tensaba por la concentración para tratar de contener su propio orgasmo. Él le colocó las manos por debajo del trasero y la levantó para poder entrar en su cuerpo.

Kitty comenzó a moverse contra él. César le agarró las muñecas y tiró de ella. Sentía un deseo incontenible. La besó apasionadamente y, entonces, le asió con fuerza de la cintura y se hundió en ella. Inmediatamente, Kitty comenzó a moverse con urgencia, con la respiración acelerada... Las caderas de César se movían al ritmo de las de ella...

–Sí... sí... sí –gemía Kitty.

César contuvo la respiración y apartó la boca de la de ella. Tensó los músculos y se hundió profundamente en ella, enterrando el rostro contra el cuello de Kitty para no gritar. La tenía pegada contra su cuerpo y, cuando se serenó, salió de ella y se apoyó contra la pared de piedras, inclinándose para tapar el cuerpo de Kitty con el suyo.

Ella aún estaba tratando de recuperar el aliento.

¿De verdad habían hecho eso? ¿De verdad había hecho ella eso? ¿Era por culpa de las hormonas o había sido aquel maravilloso lugar? Toda la naturaleza que les rodeaba era salvaje y vibrante, como si fuera un paisaje primitivo. ¿Era esa la razón de que Kitty hubiera perdido el control de esa manera y hubiera olvidado sus inhibiciones?

Sabía que no era ninguna de esas cosas. Era César. Y ella. Los dos juntos.

Ocultó el rostro contra la ardiente piel de él y sintió que la realidad de lo que acababa de ocurrir la abrumara. Todo había sido tan tórrido, tan urgente, tan rápido… Había bastado una chispa. Su cuerpo era el pedernal para el acero de él.

Durante un momento, no pudo ni hablar ni moverse. Tal vez él sentía lo mismo porque tenía la mejilla apoyada contra el rostro de Kitty. Ella notaba la rápida y trabajosa respiración contra su cabello.

Se inclinó hacia él para disfrutar de las sensaciones que le proporcionaba su cálida piel, su cuerpo. No sentía miedo alguno. César la había hecho así. Incluso la desnudez le parecía natural. El cuerpo de él encajaba perfectamente con el suyo, con una simetría que parecía predeterminada, como si hiciera muchos años hubieran estado unidos, para luego separarse. Kitty se preguntó por qué se había resistido tanto a ese momento.

Sin embargo, no podía durar para siempre.

Lo empujó ligeramente y se miraron a los ojos. Asustada de lo que pudiera ver, ella se miró la mano, que aún estaba sobre el torso de él y parpadeó. En medio de tanta pasión, no se había dado cuenta de las cicatrices, pero en aquellos momentos las veía en toda su intensidad. Tenían diferentes longitudes. Algunas eran finas y blanquecinas, otra más oscuras y abultadas.

–¿Te hiciste esa montando en moto? –le preguntó mientras le tocaba suavemente la abultada.

–Sí. Pasé por un bache en la carretera y salí disparado. La moto me dio en el pecho.

–¿Y esta?

–Estaba escalando y no hice pie. Me caí unos treinta metros antes de que la cuerda me sujetara y me raspé contra las rocas.

–¿Qué ocurrió?

César se encogió de hombros.

–Me eché tiza en las manos y seguí.

A ella no se le ocurrió qué decir. Además, César ya se había inclinado para recogerle el vestido.

Se vistieron con dificultad. La ropa mojada se retorcía y se les tensaba contra la piel. Entonces, regresaron a casa sin darse la mano, pero tampoco se tensaban o se sobresaltaban cuando los dedos se rozaban por casualidad.

–No sé cómo ha ocurrido eso… –murmuró él.

Kitty lo miró a los ojos y le dedicó una tímida sonrisa. Él se la devolvió.

–Lo que quería decir es que no lo había planeado –añadió él–. Normalmente, no me comporto de esta manera, pero nunca he deseado a una mujer del modo en el que te deseo a ti. Cuando estoy contigo, ocurre algo y… me pongo frenético…

–Te entiendo… yo siento lo mismo… y tampoco lo había planeado…

–¿Ha estado bien? ¿No he sido demasiado brusco?

Kitty lo miró a los ojos y vio preocupación en ellos. Negó con la cabeza.

–No. No has sido brusco. Fue maravilloso.

En realidad, la palabra maravilloso no le hacía justicia a lo que acababan de compartir. Había sido sublime. César era tan guapo que no era de extrañar que Kitty prácticamente le hubiera arrancado la ropa al aire libre y a plena luz del día como si fuera un animal. O que estuviera dispuesta a hacerlo de nuevo.

Sin embargo, por muy guapo o sexy que fuera César, era irrelevante para su futuro. Su corazón no estaba en juego y el matrimonio seguía sin ser una opción.

Sintió un nudo en el estómago. No podía fingir que estaba ocurriendo nada entre ellos, porque eso tampoco era verdad. Y no era solo sexo.

¿Por qué había que elegir entre el sexo y el matrimonio? ¿No había otra opción? ¿Algo hecho precisamente a la medida de ellos? Después de todo, estaban en el siglo XXI.

Pensó en las cicatrices de César. Era un hombre que corría riesgos y ponía a prueba sus límites. Ella, por otro lado…

No era que no tuviera experiencia en la vida, porque no era así. La tenía. Amor, matrimonio, enfermedad y muerte. Eso era mucho más de lo que podían decir la mayoría de las mujeres de veintisiete años. Precisamente ese era el problema. Todo había sido demasiado, demasiado rápidamente. Se había sentido como una pasajera pasiva e indefensa en un coche que iba a toda velocidad.

Sin embargo, César le hacía sentirse poderosa. Además, pasara lo que pasara, los dos eran padres de aquel bebé que crecía dentro de ella. Todo eso importaba más que tratar de clasificar la clase de relación que había entre ellos.

¿Sentía él lo mismo?

De repente, César le agarró la mano y la hizo detenerse.

–Kitty, he estado pensando sobre nosotros y sobre lo que estamos haciendo. He pensado que me gustaría que siguiera –dijo. Levantó la mano para apartarle un rizo que le caía sobre la frente–. No me refiero específicamente a lo que ha ocurrido en la cascada… aunque ha sido increíble.

–Entonces, ¿a qué te refieres?

–Mira, aún no estoy preparado para volver a La Habana. No he tenido unas vacaciones desde hace mucho tiempo, así que, ¿qué te parece si nos quedamos aquí durante un par de días?

–Me parece una idea maravillosa, pero yo ya me he tomado mucho tiempo libre…

César sacudió lentamente la cabeza.

–No tienes que preocuparte por eso. He hablado con el gran jefe. Es un tipo estupendo, por cierto, muy guapo y encantador. Me ha dicho que te puedes tomar todo el tiempo libre que quieras.

Ella se mordió los labios para tratar de no reírse.

Al notar su indecisión, César la tomó entre sus brazos.

–Por favor, Kitty… Sé que ya he hecho malabarismos con mi agenda, pero no es suficiente… Te debo a ti y al bebé dar un paso atrás en mi trabajo y no solo trasladar el despacho a mi casa.

Ella levantó la barbilla y lo miró a los ojos.

–¿Y eso qué significa?

–No lo sé… Con toda sinceridad, no puedo decir que el sexo no tenga algo que ver al respecto, pero no es la única razón por la que quiero pasar tiempo contigo. Vamos a tener un bebé… nuestras vidas se van a solapar a partir de ahora…

–Lo sé…

–Por eso creo que deberíamos dejar de fingir. Yo te deseo a ti y tú me deseas a mí y no hay nada malo en sentirse así. Entonces, ¿por qué comportarse como si lo hubiera? Sé que lo que hay entre nosotros no es convencional, pero eso no significa que tenga que ser complicado. Podemos mantener nuestra relación simple y sin complicaciones.

Kitty lo miró. Durante un instante, respiraron el uno el aliento del otro. ¿Quién podía resistirse a lo que él le estaba ofreciendo? Placer en estado puro sin trampas. Y eso era lo que ella también deseaba.

Kitty levantó una mano y le acarició el rostro.

–Me gustaría.

Los ojos de César estaban oscuros por el deseo, un deseo que se reflejaba en los de ella. El cuerpo de Kitty ya estaba empezando a despertar cuando él bajó la cabeza y la besó apasionadamente.

Mientras se reclinaba sobre la almohada, César pensó que, definitivamente, las mañanas habían mejorado.

Habían pasado tres días desde el tórrido encuentro junto a la cascada y del momento en el que Kitty y él habían decidido quedarse en la plantación. Estaba tumbado en la cama que en aquellos momentos compartía con Kitty, observando cómo ella se vestía.

Observó cómo se abrochaba los botones de la blusa. Por alguna razón inexplicable, le resultaba increíblemente erótico. Inexplicable porque se los estaba abrochando y no desabrochando.

Sin embargo, había algo en el gesto de Kitty, tal vez su concentración, que le caldeaba deliciosamente la piel. O tal vez era el hecho de que ella acabara de darse una ducha y el cabello húmedo le depositara gotas de agua sobre la tela, de manera que se adivinaba la piel a través del algodón blanco.

No se podía creer que hubieran pasado tres días. Tres días y dos noches de placer en estado puro. Sin embargo, en cierto modo, le parecía que ella siempre hubiera formado parte de su vida.

No se quejaba. Recordó aquella mañana. Habían hecho el amor dos veces, la primera con febril pasión que caracterizaba sus primeros encuentros y luego una vez más, lentamente, tocándose, saboreándose y explorándose mutuamente.

No recordaba desear a una mujer tan desesperadamente o ningún momento de su vida en el que el sexo hubiera ejercido un poder tal sobre él. Ni siquiera con Celia.

Si la comparaba con Kitty, veía que tal solo había sido un encaprichamiento de adolescente. Él había sido un muchacho guapo y mimado y las chicas lo perseguían. Celia se había resistido. Eso había sido lo que le había enganchado.

Por la misma razón, había pensado que su obsesión con Kitty se debía al hecho de que ella se mostrara inalcanzable, pero, a pesar de que los dos disfrutaban del sexo con regularidad, nada había cambiado. No podía dejar de pensar en ella.

Se movió bajo las sábanas e inmediatamente lo lamentó. El ligero roce de la tela le recordó desesperadamente a las caricias que ella le proporcionaba. Después de tanto tiempo de haberse limitado simplemente a satisfacer sus necesidades físicas, era una novedad desear a alguien en concreto y con regularidad, disfrutar con sus caricias y tener ganas de verla.

Sintió que se le tensaba la espalda. Por supuesto, tener ganas de ver a alguien era algo natural entre amantes, tal vez más aún para amantes que no estaban enamorados.

Y él no amaba a Kitty. Sin embargo, quería casarse con ella.

Cuando eso ocurriera, y ocurriría, funcionaría para ambos. Él le ofrecería seguridad y el estilo de vida con el que ella solo podía soñar para su hijo y el matrimonio para César le permitiría ofrecerles a sus padres el final feliz con el que siempre habían soñado.

O eso parecería.

Agarró la sábana con el puño. Se dijo que tan solo estaba siendo práctico. Creer que el amor era requisito para el matrimonio era una idea bonita, pero si el amor y el matrimonio iban siempre juntos, ¿por qué había tantos divorcios?

Sin embargo, había mucho más que cinismo en aquella manera de pensar. La verdad era que, principalmente era por miedo. Miedo a lo que podría pasar si repetía el error que había cometido con Celia y se permitía mezclar la lujuria con el amor.

Kitty se volvió y lo miró. Solo con eso, él sintió que la entrepierna se le endurecía.

¿Por qué tenía que pensar? En aquellos momentos, tenía acceso a su delicioso cuerpo y estaba dispuesto a dejarse llevar. En vez de presionarla para que cambiara de opinión, estaba dispuesto a prolongar el juego, y eso significaba no solo centrarse en el presente, sino colocar los cimientos para el futuro y aceptar que, al menos por el momento, aquella situación era un trampolín para el siguiente paso.

Kitty inclinó la cabeza a un lado y levantó los brazos. Era mediodía, el momento más cálido del día, y estaba tumbada en una de las hamacas que había en el patio. Acababa de notar una ligera brisa. Dejó escapar un largo suspiro al sentir cómo la ligera brisa le refrescaba el cuello.

Gracias a César, se sentía estupendamente por todas partes. Se estiró contra los cojines, sintiéndose saciada y perezosa. La tentación no se iba haciendo cada vez menos deseable. Al contrario. Cada vez parecía intensificar el deseo que sentía hacia él. El placer que experimentaba a su lado no se parecía en nada a lo que hubiera sentido antes.

No se parecía nada a lo que había sentido con Jimmy.

Sin embargo, ¿cómo podía pensar que el sexo con César era mejor que con el hombre que había amado y con el que se había casado?

Esperó sentirse culpable, pero no fue así. ¿Cuándo había empezado a darse cuenta de que era imposible comparar a aquellos dos hombres?

Con Jimmy era muy joven. Era su primer amor. Los dos habían sido muy inexpertos. Nunca había habido esa chispa de pasión porque ellos, como todo el mundo, siempre habían esperado terminar juntos.

Con César, estaba aprendiendo que el sexo era mucho más. Estaba descubriendo, además, que era una mujer apasionada y caliente, que vivía el momento y lo disfrutaba.

Oyó la voz de César en el interior de la casa. Estaba hablando por teléfono y, a juzgar por la mezcla de afecto y exasperación, estaba segura de que estaba hablando con su madre o con su padre.

Tomó el albornoz y se lo puso. Él había hablado de su familia, pero las personas eran diferentes cuando hablaban *con* su familia. Se puso de pie y entró sigilosamente en la casa.

Él llevaba su habitual traje oscuro y estaba hablando en español. Kitty disfrutaba escuchándolo. Sonaba tan romántico… Sin embargo, se le hizo un nudo en el pecho. Las respuestas de César eran cada vez más secas.

De repente, cortó la comunicación y, como Kitty no quería que pareciera que había estado escuchando, dijo:

—Hola, iba arriba a cambiarme. ¿Con quién hablabas?

—Con mi padre —respondió él mientras agarraba una taza de café y se lo bebía.

—¿Va todo bien?

—Está bien. Enojado.

—¿Sobre qué?

—No es nada importante —respondió él apartando la mirada.

—Entonces, ¿por qué estás disgustado?

—¿Por qué te importa?

Kitty lo miró atónita, sorprendida por la dureza de su voz.

—Parecías disgustado. Solo quería ayudar —musitó.

—Kitty, lo siento. No debería haberte hablado así —se apresuró él a decir mientras le tomaba la mano con gesto arrepentido—. Estaba furioso con mi padre. Y lo he pagado contigo. Ni siquiera sé por qué le he dicho nada. Sabía que se enfadaría.

—¿Qué le has dicho?

—Que estaba pensando en escalar El Capitán —contestó. Al ver que Kitty no sabía a qué se refería, se lo explicó—. Es una pared de granito de novecientos metros en Yosemite.

—Seguramente tu padre tan solo está preocupado por ti —respondió ella mientras pensaba en las cicatrices.

–Probablemente. No puede comprender por qué yo quiero hacerlo.

–¿Y por qué?

César la miraba fijamente, pero a ella le daba la sensación de que no la veía.

–No lo sé –dijo encogiéndose de hombros–. Mi vida es bastante intensa. A veces, en la mayoría de las ocasiones, resulta difícil desconectar. Sin embargo, cuando estoy en una moto o escalando sin cuerda, las consecuencias de cometer un error son tan brutales que tienes que concentrarte por completo. Y eso me da paz. Sé que parece una locura –añadió al ver el gesto de incredulidad de Kitty–, pero es como si el tiempo se detuviera. Todo desaparece. Estás solo con tu momento y es como si estuvieras bailando con la roca. Cuando llegas a la cima, sientes una euforia…

Kitty asintió. Se llevó la mano al vientre. ¿Cómo podía nada ni nadie competir con aquello?

–Suena increíble.

–Y me ayuda.

–¿Con qué?

–Con mi frustración. Estoy hablando de mis padres. Los adoro. Siempre me han puesto en primer lugar y me han dado todo lo que he necesitado, pero me frustra que yo no pueda darles lo que quieren.

Kitty estuvo a punto de preguntarle qué era lo que querían sus padres, pero no fue necesario. Sabía de qué se trataba. Sintió un nudo en la garganta. Recordó la conversación que habían tenido sobre sus familias y el embarazo. Ella había estado tan preocupada por sus asuntos que no había considerado los deseos de César.

–Claro que puedes –le dijo tomándolo de la mano–. Cuéntales lo del bebé. Si quieres, podemos decírselo ahora.

César la miró durante un instante y luego apartó los ojos. Ella volvió a colocarse la mano sobre el vientre con gesto protector. Durante un instante, había sido tan idiota como para creer que él se sentía disgustado por tener en secreto que iba a ser padre, pero, en realidad, lo que a él le preocupaba era que se enteraran de la verdad. El dolor que le produjo aquel descubrimiento le quitó el aliento.

–Supongo que esto no es exactamente lo que ellos habían planeado. ¿Tenían a otra candidata en mente? ¿O tal vez tú?

–Ni una cosa ni otra, pero ellos tenían esperanzas. Siempre han esperado cosas de mí.

–En ese caso, deben de estar muy orgullos –dijo ella para tratar de no pensar en su propio dolor–. Has construido un imperio.

–Lo están, pero son muy tradicionales. Para ellos, el dinero y el estatus están bien, pero la familia es lo que importa de verdad.

Kitty frunció el ceño.

–Les vas a dar un nieto.

César asintió, pero no había nada en su lenguaje corporal que reforzara esa afirmación.

–¿Es porque soy inglesa y no cubana?

–Mi padre probablemente dirá que es el destino. Que al menos ahora había una razón para desterrarlos a La Yuma. En los Estados Unidos –añadió.

–¿Qué quieres decir con eso de «desterrarlos»? ¿Quién los desterró y por qué?

–El quién es fácil. Fui yo. El porqué es más complicado.

–No lo creo –afirmó Kitty–. Empieza por el principio y sigue hasta el final.

César dudó un instante. Kitty pensó que iba a negarse a hablar, pero, al final, él asintió lentamente.

–Yo tenía veintitrés años. Acababa de terminar mis estudios y mi padre quería que me hiciera cargo de la empresa. Había tenido muchos problemas de salud y, prácticamente, había estado esperando a que yo terminara para darme el relevo, pero yo no quería. Soy hijo único, el heredero, y era muy mimado y querido. Quería tener diversión y libertad, por lo que los persuadí para que me dejaran ir a Estados Unidos durante un año.

–¿Qué hiciste?

–No mucho. Me pasaba el día durmiendo y las noches de fiesta. Entonces, conocí a Celia en una fiesta. Era mayor que yo. Elegante. Difícil de seducir. No se parecía a ninguna mujer que yo hubiera conocido antes. Tuve que perseguirla durante semanas para que accediera a salir conmigo. Yo pensé que todo cambiaría cuando estuviéramos juntos, pero no fue así. Se mudó a mi apartamento, pero, con frecuencia, ni siquiera venía a casa. En una ocasión, me enfadé con ella y se largó. Perdí la cabeza. Estaba tan asustado al pensar que la había perdido que salir corriendo a la calle en calzoncillos, pero ella ya no estaba. Luego, dejó de contestar a mis llamadas y a mis mensajes. Al día siguiente, mi madre me llamó y fui a casa. Ellos supieron inmediatamente que había ocurrido algo, así que les conté que estaba enamorado de Celia y que iba a casarme con ella.

–¿Y qué ocurrió? –le preguntó Kitty. Le dolía escuchar su dolor y saber que había estado tan enamorado.

–Los dos se quedaron atónitos y trataron de convencerme para que no lo hiciera. Me dijeron que era demasiado joven. Yo me enfadé y me marché, pero no sin llevarme el anillo de compromiso de mi abuela. Quería demostrarle a Celia que iba en serio y hacerles saber a mis padres que era un adulto. Cuando regresé a los Estados Unidos, encontré a Celia y le pedí que se casara conmigo. Ella aceptó. Llamé a mis padres para decirles que me iba a casar y que me iba a quedar a vivir en Estados Unidos. Dos semanas más tarde, regresé a casa temprano y la encontré en la cama con el tío que vivía en el apartamento de al lado. Al principio, se echó a llorar, pero luego se enfadó y me dijo que era culpa mía por ser tan inmaduro. Entonces, le pedí que me devolviera el anillo de mi abuela y ella se negó. Tuve que llamar a mi padre. Él lo solucionó, pero se quedaron destrozados y muy desilusionados conmigo.

—Solo estaban preocupados por ti…

—No. Yo fui un ingenuo. Cuando regresé a Cuba, supe que tenía que cambiar. Y lo hice.

Kitty asintió y extendió la mano para tocarle la manga de la chaqueta.

—Llevas tus trajes como si fueran una armadura. ¿Por qué «desterraste» a tus padres?

—Regresar a Cuba me resultó muy duro. Aquí no podía ser yo mismo. Ya sabes cómo es aquí. Amamos la vida. Todo el mundo habla, baila y flirtea. Yo ya no podía ser así. Me iba bien ser rígido y formal en mi trabajo, pero no podía ser así con mi familia y amigos. Por eso, cuando mi padre enfermó, lo utilicé como excusa para enviarlos a los Estados Unidos. No les disgusta, pero echan de menos este país. Les haría mucho daño saber que yo vivo aquí contigo y que ellos no forman parte de todo esto. Les he hecho ya mucho daño…

–¿Y esa era la razón por la que querías casarte conmigo? ¿No solo para atar cabos? –le preguntó Kitty. Los ojos se le habían llenado de lágrimas.

–Sí. Me pareció la solución perfecta. Yo nunca me iba a casar con nadie por amor, pero podría ser tu marido, el padre de nuestro hijo y darles a mis padres lo que querían.

Kitty tragó saliva. César había sido traicionado y le habían hecho tanto daño que se había ocultado tras una máscara, pero la máscara había desaparecido. Sin embargo, las cicatrices no y no se refería a las que se podían ver.

–Eres una buena persona, un buen hijo…

–No debería habértelo contado. Se supone que debo apoyarte a ti, no al revés.

–Me alegra que lo hayas hecho… Estamos aquí para apoyarnos el uno al otro –susurró mientras le acariciaba el rostro–. Y eso es lo que les vamos a decir a nuestras familias. Que vamos a tener un bebé y que vamos a ir paso a paso en nuestra relación.

César la miró en silencio. Entonces, la tomó entre sus brazos y sintió que la tensión desaparecía.

–Paso a paso –repitió–. Me parece perfecto.

Capítulo 9

KITTY cerró su ordenador portátil y sonrió. Tras semanas de dar vueltas con sus notas, por fin estaba haciendo progresos. La personalidad de los dos rones para cuya creación la habían contratado estaba tomando forma en su cabeza. Al menos, sentía el mismo hormigueo en la sangre que cuando creó Blackstrap. Por supuesto, tendría que realizar catas en La Habana y conseguir que César diera el visto bueno.

Miró por encima del hombro. Tal y como había prometido, él había dado un paso atrás en sus responsabilidades. Le parecía injusto estar trabajando a escondidas, pero, al igual que le ocurrió la vez anterior, era imparable.

Guardó el portátil debajo de la hamaca. El sol relucía con fuerza en el cielo y se sentía agobiada por el calor y también sedienta, pero moverse le parecía un esfuerzo impresionante. Además, quería seguir allí tumbada un poco más y seguir pensando. Y solo podía pensar cuando César no estaba presente.

Pensó en aquella mañana. Se habían despertado pronto y habían hecho el amor. Después, él había salido a correr mientras ella se quedaba en la cama, envuelta en su calor.

Frunció el ceño. Hasta el día anterior, había tenido perfectamente diferenciados en categorías los sentimientos que tenía hacia él. Por el jefe, sentía una gran admiración. Por César, su amante, sentía un fuerte apetito sexual. Por el padre de su hijo, sentía la necesidad de protección. En cierto modo, era como si estuviera tratando con tres hombres diferentes.

Sin embargo, desde que él le contó su relación con Celia, parecía haber cambiado. Era como si se le hubiera quitado un peso de los hombros. Parecía más fácil comprenderle, por lo que, en aquel momento, ella lo veía como solo una persona. Desgraciadamente, el hecho de conocerle mejor no había simplificado los sentimientos de Kitty hacia él. Se sentía confusa.

Sufría cuando pensaba cómo se debía de haber sentido al encontrar a su prometida en la cama con otro hombre. Esa traición le había llevado a cambiar su carácter y a suprimir su lado más ingenuo y jovial. Lo había hecho para protegerse y también para evitar que su familia pudiera sentirse herida o desilusionada. Sin embargo, ello le había llevado a aislarse de los que más amaba.

Ya no era así.

Habían hablado en primer lugar con la familia de Kitty. Por supuesto, su madre había llorado un poco, pero su felicidad resultaba evidente. Había sentido que Bill estaba deseando charlar con César sobre temas relacionados con el ron. En cuanto a su hermana, había preferido llamarla aparte y en privado.

–No te puedes casar con cualquiera, Kitty –le había dicho ella–. Es decir, ¿por qué demonios te ibas a casar con un guapo multimillonario cubano que tiene casas por todo el mundo?

Las dos se habían echado a reír.

–Ahora en serio –prosiguió Lizzie–. Solo hay una razón para casarse. Y cuando la sientas, ya sabes dónde puedes encontrar una dama de honor.

La conversación con los padres de César resultó

más fácil de lo que había imaginado. Quedaron encantados al escuchar la noticia de que iban a tener un nieto y se mostraron muy dispuestos a aceptar la poco convencional relación que su adorado hijo tenía con Kitty.

Fue testigo de lo mucho que su reacción importaba a César. La tensión que parecía innata en él había empezado a relajarse un poco. Parecía que, juntos, habían empezado a borrar sus pasados y que ella lo conocía por fin, como si lo viera por primera vez.

Se sonrojó y no fue por efecto del sol. Estaba recordando lo que ocurrió cuando se vieron por primera vez.

—¿En qué estás pensando?

Kitty levantó la mirada y vio que César estaba en la puerta. Sus hermosos ojos verdes recorrían el cuerpo medio desnudo de Kitty. Acababa de volver de correr y tenía la camiseta negra y los pantalones negros empapados de sudor.

—En nada –mintió.

César se acercó a ella y le dio un beso. Tenía los labios tan cálidos que, inmediatamente, la sangre de Kitty se caldeó también. Cuando César se tumbó junto a ella en la hamaca, ella suspiró. Aunque ya no era una novedad para ella, su belleza aún la deslumbraba.

—Entonces, ¿por qué te habías sonrojado?

—No me había sonrojado. Es que tengo calor.

—¿Estabas trabajando? –le preguntó mirando hacia el suelo.

Ella se sonrojó.

—No quería, pero entonces se me ocurrió algo y todo empezó a fluir.

—Me alegro. Sé lo frustrante que es cuando no se ve algo. Sin embargo, sé que no te habías sonrojado por el trabajo –insistió César. Enmarcó el rostro de ella entre las manos y la miró a los ojos. Kitty se echó a reír.

–De acuerdo. Me había sonrojado, pero no quiero contarte en qué estaba pensando.

–¿Por qué no? –le preguntó él mientras le besaba el cuello delicadamente.

–Una mujer debería tener cierto misterio…

–Pero yo lo quiero saber todo sobre ti…

El pulso de Kitty se había acelerado. El hecho de que César se hubiera abierto a ella era positivo, pero Kitty debía recordar que él no la amaba, igual que ella no lo amaba a él. Aquello era precisamente lo que necesitaba. El amor tenía un lado oscuro, un dolor que ella no podría volver a soportar.

Nada había cambiado entre ellos. Aunque dijera cosas que parecieran estar fuera de los límites de una relación de alcoba. Ese lado físico terminaría tarde o temprano, a pesar de que siempre tendría a su hijo como vínculo de unión entre ambos.

–Estaba pensando en la primera vez que nos vimos… ¿Te acuerdas?

–¿Cómo podría olvidarlo?

Kitty sintió que los dedos de él se deslizaban por su vientre muy protectoramente.

–Esa tarde está grabada a fuego en mi memoria. Incluso si cierro los ojos puedo verte en ese sofá… –añadió él.

Kitty se echó a temblar. Su cuerpo estaba empezando a despertar.

–Yo también lo veo –susurró ella–, pero tengo los ojos abiertos…

Los dos se abrazaron al mismo tiempo.

Más tarde, César le ató las tiras del biquini y ella le atusó el cabello.

–Es lo menos que puedo hacer después de alboro-
tártelo –comentó ella con una sonrisa.

–Gracias –replicó él mientras Kitty se echaba hacia atrás para admirar el resultado. Entonces, le dio un
beso en la mano–. ¿Te gustan las barbacoas? Esta
mañana me llamó Pablo, un vecino. Julia, su esposa,
y él son algunos de los amigos más antiguos de mis
padres. Nos han invitado a su finca para almorzar.

–¿De verdad?

–Supongo que mi madre debe de haber llamado a
Julia para hablarle de nosotros, pero si no quieres ir,
no hay problema.

–Por supuesto que quiero ir. ¿Será una reunión
muy formal? Porque no tengo nada elegante que ponerme.

–No, no. En absoluto. Será divertido. Comida, bebida y dominó. Más o menos la típica reunión familiar
de los sábados en Cuba. Habrá muchos niños, pero, en
cuanto entremos por la puerta, me veré rodeado por las
abuelas. ¿Has oído hablar de la Inquisición española?
Pues las abuelas cubanas tienen su propia versión. Se
dedicarán a freírme a preguntas toda la tarde y luego
me asarán a mí en vez de a las chuletas.

Kitty se echó a reír.

–Pensaba que habías dicho que sería divertido…

–Estoy bromeando. Probablemente tendré que
contestar algunas preguntas, pero se pasarán la mayor
parte de la tarde tratando de darte a ti de comer.

Dos horas más tarde, Kitty estaba esperando a César. Él había hecho que le enviaran algo de ropa
cuando decidieron quedarse en la plantación, por lo
que había decidido ponerse un vestido largo de color

verde manzana con un estampado de hojas que Lizzie le había regalado por su cumpleaños.

Decidió que podía enviar una foto a Lizzie con él puesto. Trató de hacerse un *selfie,* pero resultaba más difícil de lo que había pensado.

—¿Quieres que te ayude?

Kitty se dio la vuelta y vio que César se acercaba a ella con la llave del coche en la mano. Ella lo miró atónita.

—Bueno, pensé que era mejor que fuéramos en coche, a menos que eso te suponga un problema…

Kitty negó con la cabeza. No era el hecho de ir en coche lo que la había dejado atónita. César llevaba puestos unos pantalones de lino verde claro y una camisa color crema remangada hasta los codos. Tenía un aspecto elegante y muy sexy.

—No llevas traje…

—No, pensé que hoy no me lo pondría…

Ella tragó saliva. César dio un paso hacia ella y le dio la mano mientras la miraba de la cabeza a los pies.

—Estás muy guapa… Y vamos a juego… —comentó al ver que el verde de sus pantalones parecía fundirse con las hojas del vestido de ella.

Sin saber por qué, Kitty se sentía muy feliz, tanto que casi se sentía levitando. ¿Por qué no iba a estarlo? Durante mucho tiempo, se había dejado llevar. Por fin, tenía un trabajo que le encantaba en un país que estaba empezando a parecerle su segundo hogar. Además, iba a tener un bebé y en César, tenía un hermoso e incansable amante. No podía pedir más.

El trayecto en coche hasta la finca de los Montañez fue muy breve. Al entrar en el jardín, César la miró y Kitty estuvo a punto de echarse a reír porque todo era tal y como él lo había descrito. De igual manera, César se vio interrogado por las abuelas. Aunque Kitty no podía seguir bien la conversación, resultaba evidente que todas las amigas de su madre lo adoraban.

Sirvieron el almuerzo a la sombra de la casa. El plato principal era el cerdo, acompañado de chicharrones y salsa mojo. También había fuentes con ensalada de piña y aguacate y congrí, el famoso arroz con alubias que resultaba totalmente delicioso.

Kitty se recostó sobre el cojín que Julia había insistido que pusiera sobre el respaldo de la silla y observó a César, que estaba sentado junto a los otros hombres para fumar cigarros. Aquella había sido la primera vez que él la había dejado sola en toda la tarde. Se había mostrado atento, presentándola a todo el mundo, actuando como traductor cuando era necesario y pendiente en todo momento de lo que pudiera necesitar. Ella sabía, por supuesto, que tan solo estaba siendo cortés, pero aún así, se había sentido con deseos de acercarse a él, de sentirlo a su lado…

Cuando vio el cariño con la que le limpiaba el caramelo de las manos a uno de los niños, sintió que el corazón se le deshacía en el pecho. Se mostraba tan dulce, tan paciente… Le recordaba a Jimmy… Entonces, por primera vez en su vida, se dio cuenta de que no podía recordar de manera exacta el rostro de Jimmy. Sus rasgos parecían haberse diluido, ya no eran nítidos, sino borrosos.

A pesar del ruido de la fiesta que había a su alrededor, ella no podía hacer otra cosa que no fuera mirar a César completamente hipnotizada. Así se comportaría con su hijo. Aquel pensamiento hizo que su cuerpo se hinchiera de felicidad, pero no podía sonreír. Sabía que no había motivo para pensarlo, pero era imposible no imaginarse que, si fueran una pareja de verdad, juntos serían una familia, la clase de familia con la que ella llevaba soñando tanto tiempo.

Como si hubiera notado que ella le estaba observando, César levantó la mirada y buscó la de ella. Era la clase de mirada privada, que solo pueden compartir las parejas, una mezcla de ternura y de compresión que le hinchió el corazón. Desgraciadamente, ellos no eran una pareja de verdad… Solo dos personas que iban paso a paso…

Consiguió seguir sonriendo cuando César se levantó y se acercó a ella con la preocupación reflejada en los ojos.

—¿Va todo bien? Estás algo pálida…

—Yo siempre estoy pálida —comentó ella con una sonrisa.

César se sentó a su lado y la miró cariñosamente. Entonces, le colocó la mano sobre vientre.

—Si es niña, quiero que tenga tu cabello.

Kitty ignoró el modo en el que el pulso se le aceleró y se aclaró la garganta.

—Y si es un niño, te dejaré que le limpies las manos como has hecho con ese niño.

César se inclinó y cortó una flor blanca del centro que había sobre la mesa.

—Toma —le dijo mientras se la colocaba en el cabello—. Mi mariposa…

—No puedo ser tu mariposa… Es la flor nacional cubana y yo soy extranjera.

—En realidad, también ella es extranjera. Proviene de la India. Durante la Revolución, las mujeres cubanas se la prendían en el cabello para ayudar a los rebeldes.

—Bueno, yo te estoy ayudando a ti con tus rones, ¿te convierte eso a ti en rebelde?

–Hoy no. Hoy necesito que Julia le diga a mi madre que he sido el perfecto caballero. Hablando de lo cual, ¿te gustaría bailar?

Kitty se puso de pie y dejó que él la condujera a la enorme marquesina donde las parejas bailaban salsa. César le colocó la mano sobre la cintura y la estrechó entre sus brazos.

–Todo el mundo nos está mirando –susurró ella.

–A nosotros no. A mí me conocen demasiado bien como para encontrarme interesante. Es a ti a quien miran.

Kitty deseó poder parar el tiempo y capturar aquel momento. Con el corazón latiéndole a toda velocidad, lo miró fijamente, deseando desesperadamente memorizar cada detalle de su rostro.

–Sí, pero porque estoy contigo –dijo ella–. El pez gordo de La Habana.

Desde que decidieron quedarse en la plantación, ninguno de los dos había hablado sobre cuándo iban a regresar. Por muy agradable que fuera estar allí, no se podían quedar para siempre...

A juzgar por la expresión que César tenía en el rostro, resultaba evidente que estaba pensando lo mismo. El siguiente comentario que hizo lo confirmó.

–Hablando de La Habana, supongo que deberíamos regresar pronto.

–Sí, supongo que sí. ¿Quieres que nos vayamos hoy? –le preguntó ella, a pesar de que temía la respuesta.

–No, no hay prisa. Podemos regresar mañana. Se me está ocurriendo que no tenemos por qué regresar en coche. No sé si te lo he dicho, pero tengo un yate...

–Sí, me lo has dicho.

–Podría estar bien ir navegando hasta La Habana.

–¿Es mal momento para decirte que se me da muy mal hacer nudos?

–¿De verdad? –replicó él con ojos brillantes–. Menuda coincidencia. A mí también. Tal vez deberíamos pasar esta noche en la cabina, practicando…

César levantó la mano para taparse los ojos de los rayos del sol y miró el mar de color turquesa. Estaba perfecto.

Sintió un escalofrío de emoción. Casi podía saborear la adrenalina. Hacía meses desde que tuvo oportunidad de salir a navegar y disfrutaba mucho sintiendo las salpicaduras de las olas sobre el rostro. Se sentía más ligero, como si las cadenas de su estupidez de juventud ya no le sujetaran. Y así era. Gracias a Kitty. Ella lo había liberado y lo había obligado a soltar el dolor y la culpabilidad para que, por fin, pudiera sentirse en paz con su pasado.

Sin embargo, sentía que algo estaba aún inacabado.

–Pareces un pirata.

Se dio la vuelta. Kitty estaba a sus espaldas, vestida con un biquini y una de sus camisas. Un par de semanas de tomar el sol con moderación le había dado a su piel una ligera tonalidad dorada. Además, los senos se le habían redondeado un poco. Sintió que su cuerpo despertaba.

Agarró la camisa y tiró de ella.

–Y tú estás increíblemente bella.

–Si con esto estás intentando hacerme la pelota para que friegue las cubiertas, olvídalo. Mi talento está en otras cosas.

–Es cierto…

–Me refiero a hacer ron.

–Y yo también –mintió él–. ¿Has podido dormir?

–Sí. Me quedé dormida enseguida. Creo que debe de ser…

Kitty se interrumpió y arrugó la frente. Parecía muy emocionada.

–Creo que se me acaba de ocurrir el nombre para uno de los rones. Diabolito. ¿Lo conoces?

–Claro. El pirata –afirmó él–. Me gusta…

–¿De verdad?

–Sí. Y, lo que es más, se me acaba de ocurrir el nombre del otro –anunció él–. ¿Qué te parece Mariposa?

–Creo que es precioso –dijo ella.

Se miraron durante unos instantes. Entonces, Kitty miró por encima del hombro de él y frunció el ceño.

–¿Nos hemos parado?

–Sí. Se me ha ocurrido que podríamos hacer un poco de buceo con tubo –comentó él para sorpresa de Kitty–. ¿Acaso no sabías que Cuba tiene el segundo mayor arrecife de coral del mundo después de la Gran Barrera Australiana?

Ella negó con la cabeza.

–No sé hacerlo.

–Es fácil. Te lo prometo –afirmó él agarrándole de la mano–. Lo único que tienes que hacer es respirar. Se te dará genial.

–¿Tú crees?

–Por supuesto. Yo estaré a tu lado. Lo único que necesitas son unas gafas, un tubo y unas aletas. Pruébate las naranjas –le indicó mientras señalaba un compartimiento de cubierta–. Son un poco más pequeñas.

El corazón de César le latía con fuerza en el pecho. Se le había ocurrido la idea mientras que ella estaba durmiendo y se sentía muy emocionado. Quería ser el primero que introdujera a Kitty al mundo submarino. Ella lo había pasado muy mal. Había conocido la pérdida y el sufrimiento y quería verla feliz. Quería hacerla feliz. El buceo sería algo especial que compartirían solo los dos.

Se dirigió al lugar donde Kitty le esperaba. Estaba de espaldas a él y, una vez más, admiró su estupenda figura.

–¿Estás lista?

Kitty se dio la vuelta y, tras sonreír tímidamente, asintió.

Mientras nadaban lado a lado, César se sintió muy protector hacia ella y se sintió cautivado por la emoción que ella mostraba. Había pasado mucho tiempo desde que él se había permitido ser tan abierto, pero con ella era fácil. No solo gozaba de su propio placer, sino que disfrutaba con el de él.

Había una gran cantidad de vida salvaje a la que admirar en aquellas limpias y cristalinas aguas. Peces ángel amarillos y azules, peces loro y sabaletas… Era como si el bar hubiera decidido hacer un espectáculo.

Y Kitty parecía encantada.

–Nunca pensé que sería así –dijo ella mientras disfrutaban del almuerzo en cubierta–. Pensé que sería oscuro y sombrío y que todos los peces nos tendrían miedo, pero no ha sido así.

César sonrió.

–Es porque aún no están muy acostumbrados a los buceadores. Probablemente porque lo tenemos en casa, a los cubanos no nos interesa mucho el buceo.

–¿Cómo es si se baja más profundamente?

–Hace frío. Por eso hay que llevar un neopreno,

pero es maravilloso. Es como un mundo nuevo que ni siquiera se sospechaba que pudiera existir.

–No sé si estoy preparada para eso…

César la observaba. Sentía un nudo en la garganta. Todo lo que ella sentía parecía resonar también en él. La felicidad de Kitty era la suya también, su dolor el dolor de César… Era una sensación extraña y turbadora y, a pesar de que no sabía ponerle nombre, le parecía peligrosa.

El corazón comenzó a latirle con fuerza. Había maneras más seguras de buscar el peligro.

–En realidad, hay un naufragio justo a lo largo de la costa desde aquí. Dado que estamos en la zona, creo que voy a ir a echar un vistazo.

–¿Solo?

César había buceado en solitario antes. Era más arriesgado que hacerlo en grupo, pero, en aquellos momentos, era precisamente lo que necesitaba.

–Aunque no estuvieras embarazada, no sería seguro para tu primera vez. No tengo que ir si no…

–No, está bien. Quiero que vayas. De verdad.

Echaron el ancla veinte minutos más tarde. La costa era más recortada allí y las aguas más bravas. La expresión de Kitty dejaba claro que estaba empezando a tener dudas.

–Estaré bien –dijo tras besarla suavemente en los labios–. Sé lo que hago. He buceado muchas veces y esta zona es poco profunda.

–¿Cuánto tiempo estarás?

–Subiré dentro de media hora.

Se sentía desesperado por ir, por demostrar que aquello era lo que le faltaba a su vida. Adrenalina y emoción. Kitty era cautivadora en muchos sentidos, pero aquello era lo que hacía que le latiera el pulso.

Tras colocarse la máscara y el regulador, saltó al agua por la borda del yate.

Al verlo desaparecer bajo las aguas, Kitty sintió que se le hacía un nudo en el pecho. Se dijo que era una estupidez tener miedo porque César sabía lo que estaba haciendo. Además, solo estaría sumergido treinta minutos. Menos de lo que ella tardaba en lavarse y secarse el cabello.

Puso el temporizador que tenía en el móvil y se aseguró una vez más que no había razón para preocuparse. Sin embargo, se sentía agobiada por todas las cosas que podrían ir mal. Sabía que la vida no era justa y que el mar era un lugar hostil, pero César tenía experiencia. El océano sería amable con ella.

Poco a poco fue pasando el tiempo. Se colocó la mano sobre el vientre y volvió a mirar el temporizador. Ya solo quedaban diez minutos.

Estaba enviándole a su hermana algunas fotos y leyendo las respuestas que Lizzie le había enviado cuando sonó el temporizador. Muy aliviada, subió a la plataforma desde la que se había tirado y miró el agua. El corazón le latía con fuerza. ¿Dónde estaba?

Cuando volvió a mirar el teléfono, vio que él llegaba cinco minutos más tarde de lo que había dicho. El corazón se le salía del pecho. Sintió un dolor que jamás había querido volver a sentir. Volvió a mirar el teléfono. Ocho minutos tarde.

¿Tendría suficiente oxígeno? El pánico se apoderó de ella. Se sentía muy asustada. ¿Y si le había ocurrido algo?

El pensamiento le resultó insoportable. Le dolió como una molestia física, como si algo se estuviera abriendo dentro de ella. ¿Por qué le dolía tanto? No tenía sentido. Parecía un sentimiento completamente desproporcionado porque apenas se conocían. Ni siquiera eran una pareja de verdad. No. No tenía sentido a menos… a menos que… A menos que lo amara.

Tenía la respiración entrecortada. Sentía el corazón a punto de explotar. El cuerpo entero le vibraba al comprender lo que acababa de admitir en silencio. Por supuesto que lo amaba.

Todos sus pensamientos, sus actos, sus sentimientos conducían a él. Incluso cuando no estaba, ella era capaz de conjurarlo en el interior de su cabeza.

Nunca había esperado volver a sentir así. Pensaba que la vida le había dado ya y le había quitado todo lo que le correspondía. Entonces, César había aparecido en su vida para que pudiera volver a sentir amor.

De repente, César salió a la superficie. Mientras subía a la plataforma, Kitty sintió un profundo alivio.

–¿Qué te pasa? –preguntó él al verla tan alterada–. ¿Ha ocurrido algo?

Kitty dudó. No podía decirle la verdad. No se sentía tan valiente en aquellos momentos.

–Te has retrasado.

–Lo sé –dijo César mientras la tomaba entre sus brazos–. Estaba bajo nuestro barco y vi que había un par de abolladuras en el casco. Quería comprobar que no eran nada de importancia.

Su voz sonaba tensa y distante, como si aún estuviera debajo del agua. Ella asintió. Se sentía agotada. Sin embargo, él estaba vivo. Eso era lo único que importaba.

Llegaron a La Habana a media tarde. Mientras atravesaban el inevitable desvío del tráfico por el cen-

tro, César tuvo que agarrarse al asiento para no gol-
pear el cristal que los separaba de Rodolfo y pedirle
que volviera a llevarlos al yate.

Después de la paz y el aislamiento de la plantación, la ciudad le resultaba totalmente insoportable.
Tal vez Kitty pensaba lo mismo, porque había estado
muy callada en el coche. De hecho, había estado muy
callada desde la segunda inmersión.

Lo estuvo también durante la cena.

–Si quieres, podríamos salir en el barco el próximo
fin de semana. Hay una reserva natural con tortugas y
mantas raya. A veces incluso manatíes.

–Estaría bien –replicó–. Siento que no hayas podido estar más tiempo en el agua.

–No importa.

El corazón le latía a toda velocidad. La tensión que
había sentido antes en el agua había vuelto. Se había
obligado a ir más profundamente, como siempre hacía, pero allí, en las corrientes del Atlántico, se había
dado cuenta de que no importaba lo profundamente
que nadara. Durante años, había estado llevando su
cuerpo al límite practicando deportes de riesgo. ¿Podría ser que todos esos desafíos físicos fueran para
tratar de llenar un vacío? El vacío que le había dejado
su decisión de no perseguir los objetivos normales de
la vida adulta: el matrimonio, el amor la familia…

Había llegado al naufragio y lo había rodeado a
toda velocidad para tratar de escapar la presión que
tenía en el pecho, pero sin intentar ponerle nombre.
Sin embargo, en aquellos momentos, bajo la mirada
atenta de aquellos hermosos ojos grises, no quería
escapar. Estaba cansado de huir.

–Mira, Kitty, no sé cómo decirte esto, así que voy
a empezar por el principio y voy a llegar hasta el final.

–De acuerdo.

–Te deseé desde el primer momento que te vi.
Traté de mantener las distancias, pero no pude. Regresé y tú me dijiste que estabas embarazada. Quise
estar junto al bebé, por lo que te pedí que te casaras
conmigo, pero no te amaba…

–Lo sé, César…

–Sin embargo, hoy, cuando bajé al naufragio, no
hacía más que esperar sentirme como me siento normalmente. Nervioso y excitado, pero no fue así. La inmersión no parecía estar bien. Era como si me faltara
algo… Entonces, me di cuenta de que eras tú. Te echaba
de menos a ti y lo que sentía era soledad. Solo me sentí
mejor cuando salí del agua. Me volví a sentir pleno.

–¿Qué estás diciendo?

–Digo que sigo queriéndome casar contigo, pero
esta vez porque te amo.

–¿Me amas?

Durante un momento ella lo miró. Entonces, muy
lentamente, se apartó de él. César trató de mantener la
calma y abrió la boca para hablar, pero no pudo decir
nada porque ella empezó a sacudir la cabeza.

–Yo nunca te pedí tu amor y no lo necesito. No lo
quiero.

–Kitty…

César trató de tomarla entre sus brazos, pero ella se
zafó. Entonces, sacudiendo la cabeza, se puso en pie.

–Lo siento, César, pero no te amo.

La silla sobre la que ella había estado sentada cayó
hacia atrás. Cuando golpeó el suelo, César vio cómo
ella salía corriendo del comedor.

Capítulo 10

KITTY avanzó a ciegas por la casa. Su mentira resonaba en el interior de su cabeza. El corazón le latía a toda velocidad.

César la amaba y ella lo amaba a él. Entonces, ¿por qué se había dado la vuelta y había salido huyendo?

No era necesario responder a esa pregunta.

Recordó cuando había estado esperándole en el barco, muy preocupada. Cuando se dio cuenta de que amaba a César, le había resultado un shock. Durante años, había vivido creyendo que no volvería a amar. Al llegar a Cuba, se encontró con él y se había quedado embarazada. Su mundo había empezado de nuevo a cobrar vida y el hielo que rodeaba su corazón a derretirse.

Le había resultado emocionante imaginarse a los dos juntos, pero al final se había dado cuenta de que tan solo se había engañado al hacerse creer que estaba lista para el amor, porque no lo estaba. Lo único que había estado haciendo era crear una fantasía de amor en un país exótico con un hombre alto y guapo que le aceleraba los latidos del corazón. El hecho de que César le dijera que la amaba lo hacía todo real. Demasiado real.

El amor de fantasía no hacía daño, pero el amor real sí. El amor real existía en el mundo real, donde la vida era cruel y aleatoria. Por eso se tenía que marchar de allí.

Ya en el dormitorio, decidió que, si se quedaba, no podría resistirse a él. No quería resistirse, pero no podía amar a un hombre que vivía como vivía César, corriendo riesgos. Amarlo significaría aceptar que podía perderlo y ese era un riesgo que no estaba dispuesta a correr. Un dolor que no quería volver a sentir.

Trató de contener las lágrimas y sacó su maleta. Comenzó a meter la ropa a puñados.

–¿Adónde vas?

César interrumpió el tumulto de sus pensamientos. Ella se quedó inmóvil. No había esperado que César la siguiera. ¿Por qué iba a hacerlo cuando ella, inexplicablemente, había rechazado su amor?

Durante un instante, deseó tomarle la mano y retirar sus palabras, pero no tenía derecho a hacerlo. Sabía que, algún día, otra mujer lo tomaría entre sus brazos y lo reconfortaría al final de un largo día. Ese sería su castigo.

–Estoy haciendo la maleta. Tengo que irme a casa.

–¿A Inglaterra?

–Sí, a Inglaterra –susurró ella. Una lágrima se le había deslizado por la mejilla, pero había conseguido secarla a tiempo–. Nada de lo que puedas decir va a hacerme cambiar de opinión.

–¿Podemos hablar?

–No hay razón. No hay nada que decir.

–No puedo dejar que te marches, Kitty. Así no. Es tarde y estás disgustada.

–En ese caso, me iré a un hotel.

–No. ¿Por qué deberías marcharte? Esta es tu casa.

–Y la tuya también.

–No lo es, nunca lo ha sido. Solo pareció serlo cuando estábamos en la plantación…

César dio un paso adelante. Tenía un aspecto pálido y agotado.

–No ha cambiado nada más que el lugar…

–No. Ha cambiado todo.

–¿Porque te he dicho que te amo?

–Yo te dije que no creía en el amor.

–No. Dijiste que no podías creer en el amor, que no puedes volver a sentirlo otra vez, pero sé que me amas, Kitty. Lo sé. Y sé que podemos hacer que lo nuestro funcione –dijo él mientras le tomaba la mano.

Kitty trató de apartarla, pero él no la soltó.

–¿Por qué huyes? ¿Acaso crees que no te mereces volver a ser feliz? Eso no es cierto. Te lo mereces más que nadie que yo haya conocido nunca. Has pasado muchas cosas y has sido fuerte y valiente.

–Eso no es cierto. No soy valiente –replicó ella. Aquella palabra le sabía amarga al pronunciarla–. ¿Quieres saber por qué no me puedo casar contigo? Porque tengo miedo.

–Kitty yo no…

–Lo sé. No lo comprendes –le espetó ella soltando la mano por fin–. Lo entiendo. Entiendo que tú necesitas cosas que yo no puedo darte. Vives tu vida corriendo riesgos. No sientes miedo. Lo vi la primera vez que nos conocimos.

César miró a Kitty. Su rostro estaba pálido y desencajado. Él se sintió muy mal. ¿Era aquello lo que ella pensaba? Habría soltado una carcajada, pero algo se lo impedía. Todos los riesgos que había corrido a lo largo de su vida habían sido para poner a prueba sus límites, para hacer que el corazón le latiera más rápido. A lo largo de los años, se había hecho creer que con eso le bastaba, que escalar una montaña era lo mismo que ver el rostro de la mujer que se amaba. Sin embargo, no era así. Siempre lo había sabido, pero nunca había querido admitirlo. No había querido admitir que corría riesgos con su vida porque tenía miedo de arriesgar su corazón. Miedo a compartir su vida. Miedo a tratar de encontrar un final feliz.

Miró a Kitty. Estaba cansado de sentir miedo. Iba a luchar por Kitty, aunque significara dejar al descubierto sus sentimientos.

—Te equivocas —le dijo.

—Yo lo sé todo sobre el miedo y no es la clase de miedo del que tú estás hablando.

César sintió un nudo en el pecho.

—¿Te acuerdas cuando, en la plantación, me llamó mi padre y discutimos porque yo quería escalar El Capitán? Tú me preguntaste por qué yo quería hacer algo así.

—Sí. Dijiste que te ayudaba a olvidarte del trabajo y de lo que sentías cuando defraudabas a tus padres.

—Eso fue lo que te dije y, supongo que, en cierto modo, te estaba diciendo la verdad, pero no toda la verdad. Después de lo de Celia, tenía miedo de ser yo mismo. Miedo de confiar en mi buen juicio. Miedo de enamorarme. Odiaba sentirme así. Odiaba dejar que el miedo gobernara mi vida. Odiaba ser un cobarde. Por eso escalo paredes rocosas y me empujo hasta el límite. Para demostrarme a mí mismo que no soy un cobarde, pero la verdad es que lo sigo siendo. Sigo viviendo en el pasado y ocultándome detrás de motos, barcos… —comentó. La preocupación que ella mostró en la mirada hizo que sintiera esperanzas—. Tal vez si tú no hubieras estado en aquel camino aquella tarde, seguiría con miedo. Antes de conocerte a ti, estaba viviendo una mentira, fingiendo que mi vida era exactamente como quería que fuera. Sin embargo, no era vida. Me limitaba a llenar mis días para no enfrentarme a mis temores. Entonces, te conocí a ti y comprendí que todo lo que pensaba que quería no valía nada. No significaba nada. Hoy mismo, cuando estaba buceando, me di cuenta de que nada hace que mi corazón lata tan rápido como tú. Podría renunciar a todo lo que tengo en un segundo porque no significa nada a menos que estemos juntos. Tú, yo y el bebé.

Kitty casi no podía respirar. Las lágrimas le ardían en los ojos. César no era el único que vivía en el pasado. Ella también había considerado el pasado selectivamente y su visión se había centrado exclusivamente en la tristeza de perder a Jimmy, no en la felicidad de haberlo amado. De ese modo, había sentido pánico ante el hecho de volverse a enamorar. No se daba cuenta de que nunca había dejado de amar. Amaba a su familia, al bebé que crecía dentro de ella y también amaba a César.

Él tenía razón. Daría igual estar en Inglaterra o en La Habana. Cambiar de lugar no cambiaría lo que sentía. Nada lo podría cambiar.

–Eso es también lo que yo quiero –dijo por fin.

Las lágrimas comenzaron a caerle por las mejillas, pero no lo impidió. César la tomó entre sus brazos.

–Te amo –susurró mientras la besaba apasionadamente–. Te amo tanto…

–Yo también te amo…

Durante unos instantes, se limitaron a mirarse el uno al otro, gozando con su mutua felicidad y entonces, Kitty hizo girar la muñeca para consultar el reloj.

–Es la misma hora aquí que en Florida, así que supongo que tus padres estarán dormidos, ¿no?

–Probablemente no. Cenan muy tarde y siempre duermen la siesta…

—¿Y qué hora es en Inglaterra?

—Las cinco de la mañana.

—En ese caso, deberíamos llamar a tus padres primero.

—¿Sí?

—Bueno, querrás invitarlos a la boda, ¿no?

—¿La boda? —repitió él con incredulidad.

—A menos que quieras esperar hasta que nazca el bebé...

—¿Me estás pidiendo que me case contigo?

Kitty asintió lentamente.

—No estaba segura de que fueras a pedírmelo una tercera vez.

César se metió la mano en el bolsillo y sacó un pequeño estuche redondo. Lo abrió.

—No dejaría de pedírtelo nunca.

—¡César, es precioso!

Kitty observó con incredulidad cómo él le colocaba el maravilloso anillo de zafiro y diamantes en el dedo. Entonces, la besó delicadamente. Cuando rompió en beso, la miró. Sus ojos verdes relucían de amor y esperanza.

—Por cierto, eso es un sí.

Ella lo miró a los ojos y asintió.

—Así es. Un sí... Con toda seguridad un sí.

Entonces, le acarició delicadamente el rostro y le devolvió el beso.

Bianca

**¿Iba a arriesgar cuanto tenía
por una noche en su cama?**

EL MÁS OSCURO
DE LOS SECRETOS

Kate Hewitt

Khalis Tannous había pasado años erradicando cualquier atisbo de corrupción y escándalo de su vida, incluso había dado de lado a su familia.

Cuando Grace Turner llegó a la isla mediterránea privada de Khalis para tasar la valiosa colección de arte de su familia, él no pudo sino admirar su belleza. Sin embargo, vio en sus ojos que ella también tenía secretos.

Grace conocía el coste que tendría rendirse a la tentación, pero fue incapaz de resistirse a la experta seducción de Khalis.

Acepte 2 de nuestras mejores novelas de amor GRATIS

¡Y reciba un regalo sorpresa!

Oferta especial de tiempo limitado

Rellene el cupón y envíelo a
Harlequin Reader Service®
3010 Walden Ave.
P.O. Box 1867
Buffalo, N.Y. 14240-1867

¡Sí! Por favor, envíenme 2 novelas de amor de Harlequin (1 Bianca® y 1 Deseo®) gratis, más el regalo sorpresa. Luego remítanme 4 novelas nuevas todos los meses, las cuales recibiré mucho antes de que aparezcan en librerías, y factúrenme al bajo precio de $3,24 cada una, más $0,25 por envío e impuesto de ventas, si corresponde*. Este es el precio total, y es un ahorro de casi el 20% sobre el precio de portada. !Una oferta excelente! Entiendo que el hecho de aceptar estos libros y el regalo no me obliga en forma alguna a la compra de libros adicionales. Y también que puedo devolver cualquier envío y cancelar en cualquier momento. Aún si decido no comprar ningún otro libro de Harlequin, los 2 libros gratis y el regalo sorpresa son míos para siempre.

416 LBN DU7N

Nombre y apellido	(Por favor, letra de molde)	
Dirección	Apartamento No.	
Ciudad	Estado	Zona postal

Esta oferta se limita a un pedido por hogar y no está disponible para los subscriptores actuales de Deseo® y Bianca®.
*Los términos y precios quedan sujetos a cambios sin aviso previo.
Impuestos de ventas aplican en N.Y.

SPN-03   ©2003 Harlequin Enterprises Limited

DESEO

*Cuando la meta era la seducción,
no valía cualquier juego*

Un juego peligroso

ANNA DePALO

Irresistible era la palabra que definía a Jordan Serenghetti, la estrella del hockey. Pero Sera Perini, su fisioterapeuta, debía resistirse a los encantos de Jordan. Tenía buenas razones para ello: su relación de parentesco, su ética profesional y un beso que aquel atleta escandalosamente rico ni siquiera recordaba haberle dado. Si cedía a la tentación, ¿volvería Jordan a sus hábitos de mujeriego o la sorprendería con una jugada completamente nueva e inesperada?

Bianca

**Salvada por una promesa....
coronada como reina**

UNA CENICIENTA PARA EL JEQUE

Kim Lawrence

Para escapar de los bandidos del desierto, Abby Foster se comprometió con su misterioso salvador y selló el acuerdo con un apasionado beso. Meses más tarde, descubrió que seguía casada con él, y su «marido», convertido en heredero al trono, la reclamó a su lado. Pero sumergirse en el mundo de lujo y exquisito placer de Zain abrumó a la tímida Abby.

¿Podría llegar a convertirse aquella inocente cenicienta en la reina del poderoso jeque?

5